Herbert Knebel

Boh glaubse ...
Die Klassikers

Henselowsky Boschmann

Martin Breuer, Sigi Domke und Uwe Lyko haben sich die Geschichten rund um den Rentner Herbert Knebel ausgedacht. Herbert lebt gemeinsam mit seiner Frau Guste in Altenessen. Zu seiner weitläufigen Familie gehören neben anderen die beiden Enkel Marzel und Jackeliene, zu seinen Freunden Ernst Pichel, Kurt Harras und Kurt Borsig. Theo Röttger, eine naher Bekannter, ist in Altenessen und Umgebung als Witwentröster bekannt. Heini Bückmann aus der Emscherstraße wurde durch seinen tiefen Glauben an Horoskope zum Pflegefall. Nachbar Hansi Schuricke besitzt einen Kleingarten von der Größe, dass ein Regenwurm darin Platzangst bekommt. Herberts Stammtrinkhalle ist »Der Kanonier«, mit deren Besitzer Echbert Herzberch er gerne über Politik und Alltägliches philosophiert. Paul Jäger, Mitglied der Knebel'schen Rauchergruppe, ist leider bereits verstorben.

Verlag Henselowsky Boschmann
Gerichtsstraße 1, 46236 Bottrop
E-Mail: post@vonneruhr.de
www.vonneruhr.de
1. Auflage 2012
ISBN 978-3-942094-26-9
Herstellung: Westermann Druck Zwickau GmbH
Umschlagfoto: Verlag Henselowsky Boschmann

Vorwort

Liebe Leser und hoffentlich auch Käufer von diesen Buch, herzlichen Glückwunsch! Wat ihr hier inne Finger gekricht habt, is en Sahneteilchen! Et is nämlich mittlerweile en richtiges Stück Geschichte. Und zwar war dat dat erste Buch damals mit Ergüsse von mir. Ein Schinken, wo ich meine Erlebnisse für alle die, die nich dabei waren oder et nich glauben konnten, nochma selbs schwarz auf weiß nacherzählt hab. Ja, und dat erste Buch is natürlich schon deshalb wat Besonderet, weil et davor ja noch keins gab und wo ich sagen muss, Hut ab vor dem, der sich als ersten getraut hat, mich zu veröffentlichen!

Ja, ers neulich sprach mich noch einer an, den ich gar nich kannte und sachte, er würd mich schon ewig kennen, fast en Vierteljahrhundert, und ich wär für ihn sowat wie der Gasometer. Ich denk, woher kennt der denn die Probleme mit meine Blähungen?! Und ich sach so zu ihm, woher kenns du denn die Probleme mit meine Blähungen?! Ja, aber er meinte dat mehr so anders, also, dat der Gasometer und ich, dat wir beide für wat ständen, und zwar für wat Typischet aussen Ruhrgebiet. Und er würd jeden Abend vorm Einschlafen von seine Frau entweder ein Bild vom Gasometer gezeigt kriegen oder eine Geschichte vorgelesen kriegen aus dem Buch hier. Und er würd eigentlich sogar die Geschichten dem Bild vorziehen, weil, da würd er sich immer vorm Einschlafen nochma drüber abrollen.

Und wat will man mehr als Geschichtenerzähler, als dat die Menschen sich vorm Einschlafen abrollen?

In diesem Sinne, let it roll, Baby!

Euern Herbert Knebel

Abenteurer

Boh glaubse …
… weiße, wat inne letzte Zeit immer abenteuerlicher wird? Diese ganzen Abenteurer. Und damit mein ich gez nich so Möchtegern-Tarzans wie seinezeit den Professor Grizmek, der da in diesem Afrika immer in sonne Safari saß und aus sichere Entfernung heraus die Tiere begrüßt hat für seine Sendung.
Also wenne mich frags, der konnte doch noch nich ma ne Liane vonne Wäscheleine unterscheiden. Ich mein, wenn er ma selbs gewaschen hätte, wär er den Unterschied vielleicht gewahr geworden, aber für den mussten bestimmt alles die Tiere erledigen, die armen Schweine. Aber dat hat der nie gezeigt in seine Sendung. Dat wissen nur die wenigsten. Ja, eigentlich nur ich.
Da is doch son Reinhold Messner schon aus ganz andern Holz gebacken. Wenn der gez im Dschungel oder inne Safari aum Berg auf ne Wäscheleine gestoßen wär, dann hätt der schon gewusst, wie man damit umspringt. Ja, wat hat der Mann schon alles für Schoten gebracht. Die ganzen Berge allein schon, die der unter seine dicken Fittiche hatte, so wie Marterhorn, dat hat der ja praktisch rückwärts bezwungen, Großklöckner, Killemanntscharo, Hümmelaja, Mann, wo der schon überall rumgetigert is, da wächst kein Gras mehr.
Der Mann is ja so vom Abenteuer besessen, dat der sich manchma für sich selbs ne Nickeligkeit ausdenkt, quasi als Anstachelei: Ja, auf son Zwölftausender drauf und so ganz nebenbei die Sauerstoffflaschen aum Bahnhof stehen lassen. Oder so durche Angtarktis schlendern und

Annorak zu Hause hängen lassen. Irgenzwann macht der nochma sonne Exspedition ohne alles. Da zieht der zu Hause nackend los und zeigt den Eisbären aber, wo der Hammer hängt.
Oder gez ma ein anderes Beispiel: Der Franzose, der da durch den Atlantik geschwommen is. Ja, da muss man ersma drauf kommen, wo doch da auch ständig Schiffe verkehren. Und mit Schwimmen alleine war et ja nich getan. Wat meinze, wat der alles mitschleppen musste: Fressalien, Rasierzeug, Badehose, Klopapier und und und. Ja, und son Atlantik, der zieht sich. Da musse schon als Pille-Ente geboren sein, um sowat bewältigen zu können, aber wer is dat schon?
Aber andersrum, son Abenteuer is doch dat Salz inne Suppe vonne Existenz. Ich muss die Tage auch ma wieder die Puppen tanzen lassen. Ma kucken, vielleicht ma mit den Ernst Pichel und den Kurt Harras son Kampftrinken aum Kahlen Asten veranstalten oder so.

Aberglaube

Boh glaubse …

… weiße, wo ich auch keine Antenne für überhab? Wo mir jegliche Verständniskeit für fehlt? Dat sind diese Maskottchen.

Also gez eigentlich nich selbs diese Maskottchen, sondern die Halter von die, diese Abergläubiger. Ich weiß auch nich, ich hab wirklich den Eindruck, dat dat inne letzte Zeit immer mehr am zunehmen is. Wahrscheinlich hängt dat mit diese turbelente Zeiten zusammen, in die wir grade dummerweise am stecken sind, dat sich die Leute irgenzwat besorgen, wo se einen Halt dran finden können.

Zum Beispiel der 1. FC Köln. Also ohne dat ich die Elf gez ein an die ihren Pfosten kacken will, aber dat, wat da aum Rasen passiert, sieht doch mehr so aus wie leichte Gartenarbeit als wie Fußball. Ja, und grade deswegen klammern die sich alle an ihr Maskottchen, ihren Geißbock. Aber wenne mich frags, die Ziege is doch längs verpufft in ihre Wirkung. Die hat doch gar keine Ausstrahlung mehr auf die Kicker. Die solln sich ma en neuen Glücksbringer zulegen, en Trecker vielleicht, der den Verein ausse Scheiße zieht.

Oder anderes Beispiel: Die ganzen betrogenen Ehefrauen, die von ihre Kerls ma eben durch ein junges Flittchen ausgewechselt werden. Ja, die benutzen dann als Talismann zum Beispiel son Steiftier und versuchen damit in den einsamen Stunden Trost zu finden. Da sollten die ma lieber nach son Schornsteinfeger greifen. Der bringt doch auch Glück.

Ne, aber woe hinkucks, siehse diesen Aberglaube verbreitet, im Kaffeesatz, im Horrorskop, im Lotto oder sogar inne Religion. Also dies Kruzifix, dat is doch praktisch auch son Maskottchen, oder die heiligen Rinder in Indien, wat solln die denn sagen!? Die will keiner essen, nur weil se die da vor Ort zum Maskottchen ernannt haben.

Also ich persönlich glaub an diesen ganzen faulen Zauber nich. Dat is doch alles Spuck. Als wenn son Schwein, wat unter ner Leiter herläuft, Schicksal beeinflussen könnte oder sechs Richtige im Lotto. Also wenn auf mich son Freitach der 13te zukommt, weiße, wat ich dann mach? Da steh ich ersma kackfrech mitten linken Fuß auf. Den provenzier ich förmlich, den Freitach. Und dann stell ich meine Aluleiter auf und lauf da ständig drunter her, und als Höhepunkt leih ich mir bei mein Nachbar, den Paul Menke, den sein Kater Mikesch aus und kreuz dann vorsätzlich den seine Wege. Und weiße, wat dann passiert? Soll ich Sie dat gez ma sagen? Gar nix! Wahrscheinlich. Toi, toi, toi!

Aktivurlaub

Boh glaubse …
… da kommt meine Frau mit son Proschpekt angelaufen vonne Fahrt in Südfrankreich. Ich sach, Guste, lass stecken, wat solln wir da? Die mit ihre andere Sprache als unsere, da kannze dir doch noch nich ma selbsständig ne Flasche Bier besorgen. Ich sach, kumma, gez sind wir schon seit siebenundfuffzig immer nach Sand Angton gefahren. Wir sind doch praktisch wie den seine zweite Heimat mittlerweile geworden … für uns. Aber konnze sagen, watte wolltes, die Frau ließ sich zu keine Einsichtigkeit breitschlagen.
Mann, mann, mann du, da krich ich sofort wieder en Hals, wenn ich an dat Elend da denken muss. Aktivurlaub – verstehse!
Dat war sonne Freizeit mit so Drangsalierer, die ein von morgens bis zum Abwinken gepiesackt haben. Hömma, dat war wie inne Gefangenschaft. Ich mein, sicher, war schon en bissken lustiger als seinezeit, aber mein lieber Scholli. Dat Ganze war dann noch so als Club verkleidet, Club Medityrannei oder sowat.
Die ganze Zeit warn wir da unter die Aufsicht von so zwei Annemonteure, ne, weiße, so Vorturner. Den Jane-Lück, dat war son Franzose, der kam da derekt von die Gegend weg, und den Dieter. Der war son ehemaligen Lackierer gewesen, den se vom Arbeitsamt umgepolt haben.
Ja, dat ging da schon morgens um sechs Uhr los. Da steht der Spieß da anne Poofe und sacht: Steh auf, du nasser Sack … zu meine Frau. Im ersten Moment hab ich mich aber auch angesprochen gefühlt.

Ja, dann musstesse dich ersma da versammeln und dann allemann durche Dünen, im Schweinsgalopp. Anschließend Frühstück, mit son Parkettbrot zum Selbsbelegen mit diesen billigen verschimmelten Käse. Wenne da ma nach sonne vernünftige Blockwurst gefragt has, wurdse noch doof angekuckt, als wenne aussen Ostblock käms. Und danach ging et aber ersma richtig rund. Da hamse uns in zwei Gruppen aufgeteilt. Weiße, die Weiber derekt alle zu den Jane-Lück, den bekloppten Pappagallo, und wir bei den Dieter bei. Wat hat der Sauhund uns getriezt! Ja, wat hatten wir alles aum Stundenplan: Sonderturnen, Wände hochgehen, Tauchen mit Flaschen. Ich dacht, oh, dat hört sich interessant an. Aber da war nur Luft drin. Ich mein, dat is schon spannend da im Wasser, also is schon wat anderes als über Tage, aber aufe Dauer gesehn wär dat auch kein Leben für mich. Mann, den ganzen Tach da mit die Fischköppe zusammen. Dat hab ich die aber auch deutlich gezeigt, wat ich von die halte. Von da an war ich natürlich der Elefant terrible für die.
Man du, und dann dat schöne Geld, wat wir ausgegeben haben für den ganzen Scheißdreck da. Da hätt ich mir auch die Zähne für ersetzen lassen können. Nee komm, nächstes Jahr fahrn wir wieder nach Sand Angton und fettich ab!

Allergien

Boh glaubse …
… wat sind dat denn für fiese Pusteln bei mir anne Gurgel?! Hömma, dat sieht aus, als wenn sich da sonne Allergie am Balg breitmacht.
Hab ich denn irgenzwat inne letzte Zeit gegessen, wat mir vonne Bekömmlichkeit her nich abträchlich war? Wat hab ich denn die letzten zwei Stunden alles gefressen: Bratwurst, ein Bonnty mit Mong Scherry, Pissmarckhering, um geschmacklich wat dagegenzuhalten, und Margarine. Ja, dat hört sich doch ersma ganz ausgewogen an. Ja, pass ma auf, am Ende hab ich die Piermongtkirsche irgenzwo quersitzen, und die meldet sich mit so Geschwüre am Hals. Ja, dat is doch nich ausschließbar! Heutzutage sind doch überall die ganzen verantwortlichen Auslöser von diese Allergien am Ball, und unsereins is der Hoffnungslosigkeit preisgegeben.
Ja, zum Beispiel mit die Pusteln gez an mir, da weiß man doch gar nich, wat dat is, und et stellt sich doch unwillkürlich die Frage: Wat is dat?
Oder der Helmut Borsig gez, ich weiß auch nich mehr genau, wann dat gez war, aber irgenzwann fing an, sich auf den sein Kopp son unheimlicher Apparat von Schorf zu zeigen. Wo der stand und ging, war Schneegestöber. Immer wenn der am Stammtisch auflief, sangen se alle »Leise rieselt der Schnee«.
Ja, und nach ganz langwierigen Testergebnissen stellte sich raus, dat der Helmut gegen seinen eigenen Wellensittich Pucki anfällig war. Dat war nämlich, wenn der vonne Arbeitslosigkeit nach Hause kam, da is der Pucki

immer sofort auf den seine Runkel gelandet, und zwar immer genau auf die Stelle, wo der Schorf lange Zeit ansässig war.
Ja, wat blieb den Helmut anderes übrig, als den Pucki den Gnadenschuss zu verabreichen. Von Stund an war er geheilt. Gez sind Sie dran!
Aber dat is heute noch so, wenn der an den Pucki denken muss, bildet sich sofort wieder Schorfansatz. Oder gestern, ne, da ham wir »Die Vögel« gekuckt von diesen Alfons Hitzcock, ja, danach sah der Helmut aus wie son Rubbellos.
Oder der Kurt Harras hat sich die Tage bei sich sonne rustikale Vertäfelung aus so Stereorporimitation angebracht. Dat Dingen war noch nich ganz dran, da fing der schon an zu röcheln wie son Rochen. Auch ne Allergie!
Boh, gez kuck dich mich ma im Spiegel an. Wat ne Sauerei! Oder war da Senfgas anne Bratwurst?
Auf jeden Fall muss ich mich ma unter Beobachtung geben. Ich halte dat Geschwür ma im Auge, und wenn dat ne Allergie is, dann hab ich nur eine Hoffnung: Hoffentlich bin ich nich der Einzigste!

Doping

Boh glaubse …

… schon wieder en Weltrekord! Sagenhaft! 100 Meter Brust. Diesma ein Ammi. Warum nich, die könn da auch schwimmen, dann solln se auch ma en Rekord bekommen.

Dat wird aber immer verrückter mit die ganzen Kampfschwimmer. Wenn dat so weitergeht, müssen se demnächs diese Badewettbewerbe alle in Zeitlupe zeigen, damit du überhaupt noch als Zuschauer dat Geschehen im Becken nachvollziehen kannz.

Meine Fresse, der sieht vielleicht aus, der Ammi, als wenn se den son Kubikmeter Pressluft in den Balg gepumpt hätten. Dat geht doch nich mehr mit rechte Dinge zu, bei diese Schwimmtiere, muss man ja schon sagen. Dat is doch nich mehr natürlich, wat sich da aum Startblock breit macht.

Aber wer ernährt sich denn noch gesund von die Wasserratten? Meinze, da kricht nochma einer son ordentlichen Schaschlik zwischen die Kiemen oder son Schlach Eintopf? Dat glaub ma ja nich. Die fressen doch nur noch von morgens bis abends Tabletten, Zäpfchen und Spritzen für ihre Muckis, damit se dann die ganzen Pokalerfolge abzocken.

Die sind doch alle so vollgepumpt mit diesen Dopping, wie … wie … na ja egal. Deswegen ham die ja auch seinezeit die Pippiüberwachung eingeführt, um rauszukriegen, wer gez von die ganzen schrägen Vögel noch echt is. Wat meinze, mit die ihre Urinproben im Gepäck, da kannze ein Krieg mit gewinnen.

Dat is doch nich mehr im Sinne der Schöpfung. Wenn der liebe Gott dat gewollt hätte, dann hätte der seinen Jesus aber auch anders zurechtgemacht. Aber die ham ja schon seit einige Zeit ihre Fottfinger inne Schöpfung drin. Meinze, die ham mit ihre Genforschung vor die Schwimmer Halt gemacht? Ich möcht nich wissen, wer von die Fischköppe schon alles heimlich mit Kiemen schwimmt.
Ja nu, am Ende hamse bei die Franzi, den Goldfischken, auch schon dran gedreht. Ja nu, wenn die nich mit ihre Flossen als Erste an den Startblock anklatscht, dann werden die doch von diese Schokoladenfirma, für die die im Wasser geht, auch pampig.
Da beißt sich die Katze den Schwanz in Sack. Dat is doch gar nich mehr alles spannend, wer gez mit wie viel tausendstel Sekunden Vorsprung als Erster durch et Ziel gondelt.
Weiße, wat ich ganz persönlich gez, als Herbert Knebel, spannend fänd? Wenn der Helmut Borsig, der Kurt Harras und ich ein Schwimmkampf veranstalten würden. Da hieß et nämlich nich, wer wird Erster, sondern wer kommt an! Ja, dat is Sportsgeist!

Ehescheidung

Boh glaubse …
… ich bin geladen wie ein Schießhund! Ich steh regelrecht am Rande von eine Explosion. Ich sach dir, wenn ich gez nich sofort meine Kappe hier wiederfinde, dann passiert wat! Ich weiß zwar noch nich genau, wat, aber da lass ich mich ma selbs überraschen. Boh, ich sach dir, wenn die Guste die verbummelt hat, dann werd ich hier zum Vulkan. Dann hat die hier den speienden Ätna höchstpersönlich inne eigenen vier Wände.
Pass ma auf, am Ende hat die die noch für dat Winterhilfswerk gespendet. Ich sach dir, wenn ich die Kappe gez nich wiederfind, dann soll die mich erleben, die mit ihren Ordnungsfimmel. Dann zieh ich Konsiquenzen. Genau! Weiße, wat ich mach? Ich lass mich scheiden!
Ja, warum denn nich? Heutzutage lässt sich doch jeder Arsch scheiden. Von die Lady Dings angefangen bis zu die Liz Teiler. Die is doch regelrecht die Königin von die Scheidungen. Die lässt sich doch noch öfter scheiden als liften. Wenn die Prommenenz dat kann, dann kann der Normalverbraucher dat doch auch bald.
Dat mit den »für immer und ewig« is doch sowieso inne hohle Hand geschissen. Da lässt ma einer ausse Partnerschaft en falschen Furz, und schon is die Kacke am dampfen. Ruck, zuck stehn se dann vorm Kadi und sind geschiedene Leute. Ja, heutzutage geht dat rubbeldiekatz. Ich versteh dat nich, wieso sich inne heutige Zeit überhaupt noch einer dat Jawort gibt. Aber die sind wahrscheinlich alle rattendoll dadrauf, ma einma mit die weiße Kutte vor den Altar vorzutreten und sich dann mit so

verklärte Gesichter die Ringe aufe Knochen zu stecken. Dann fahrn se nochma einma mit den gemieteten Daimler ne Runde um Block, und dann schlägt der Alltach aber auch schon zu, mit all seine Tücken.
Wat meinze denn, wat dat für einen Kostenschwanz nach sich zieht: die Brautausrüstung, die Ringe, die Feier, die Hochzeitsreise, Einbauküche, Schrankwand, Kellerregal, Kleiderbügel, Fußmatte mit »Herzlich willkommen« drauf und dann die Scheidung! Ruck, zuck bisse um Haus und Hof gebracht.
Ja, und wenn dann noch dein Partner dat Gericht so belabern kann, dat die glauben, dat du ein Mistkerl bis, dann heißt dat aber bis in alle Ewigkeit »Zahlemann und Söhne«!
Wer weiß, wenn et hart auf hart kommt, wat die Guste da alles über mich auspacken würd? Die würde den Prozess gewinnen, ich müsste abdrücken und die Kappe wär immer noch weg.
Ach komm, da geh ich lieber nochma richtig kucken, bevor ich mich selbs innen Ruin treib!

Familienfeiern

Boh glaubse …
… hat die Guste ein am Appel? Wen will die Frau denn noch alles einladen zu unsere scheiß Silberhochzeit? Oder is dat gez schon Goldene, oder wat ham wir hier eigentlich am laufen? Mann, dat nimmt aber auch kein Ende mit sonne Ehe!
Mann, mann, mann, kuck dich ma die Einladungsliste an. Wo soll ich die ganzen Leute unterbringen bei mir inne Hütte? Ich kann dat ganze Gesocks doch nur noch schichtweise abfertigen.
Mann, hier is doch nich Hotel Knebel mit Vollpangsion und frei Saufen. Ich mein, sicher, en paar Gäste aufe Bude, wenn die gez teure Geschenke dabeihaben, da lohnt sich dat wenigstens unterm Strich. Aber dat, wat die Guste da inne Planung hat, dat is doch den wirtschaftliche Urin für uns.
Kuck dir dat ma an da aufe Liste. Dat sind doch bestimmt sechzig, siebzig Mäuler, die ich denen verstopfen muss. Ich kenn die Kollegen doch. Die hungern sich eigenhändig tagelang selbs aus, bis die son richtiges Vackeum im Wanst verspüren, und dann fallen die bei mir über die Silberzwiebeln her, wie seinezeit der Dschingis Kahn mit seine Wikinger.
Da, den Theo Röttger hat die auch wieder eingeladen. Ich weiß überhaupt nich, in wat fürn Verhältnis der alte Witwentröster zu meine Olle steht. Ich bin doch noch Existenz! Da liegse noch nich ma mitten Arsch inne Kiste, da kreist der Aasgeier schon über meine Frau. Na ja, besser als über mich.

Kuck dir an, die Änne hat se auch eingeladen, die Sabbelfott! Die kommt rein, holt Luft, und wenne der dann nich sofort en Fischbrötchen reindrücks, macht die den ganzen Abend Alarm wie son Maschinengewehr.
Dat is mir gez schon klar, dat ich mich an den Tach abseil. Da lass ich mich von ein Proffischauspieler dubbeln und mach mir en schönen Tach auswärts.
Obwohl, nachher geht dat Elend ja noch weiter. Wat meinze, wenn die ganze Bagage dann raus is ausse Bude, dann sieht dat doch aus wie nach ne Plünderung inne Bronxe von Neu York. Ruck, zuck hasse en Quast inne Hand, um die ganzen Essensreste zu übertünchen.
Nee komm, ohne mich. Weiße wat, da denk ich mir schön ne Verhinderung aus. Und wenn ich mich für ne Operation hergeb. Da mach ich mit bei sonne Organspendung. Da spendier ich irgenzeinen meinen Grützbeutel. Ach komm, dat kann ich auch nich machen, da hängt die Guste so dran.
Da gibbet nur eins: Augen zu und durch! Mitgehangen, mitgefangen!

Filmtrickse

Boh glaubse …
… weiße, wat sich über all die Jahre hinweg unheimlich entwickelt hat? Dat sind diese sogenannten Filmtrickse. Ne also, zum Beispiel, wenn gez einer von son Wolkenkratzer runterspringt, wie sagen wir ma dieser Batmann, dat macht der ja gerne, da is der ja praktisch poppelär durch geworden, da müsste unsereins ja anschließend im Gipskostüm weiterspielen, ja, und den Batmann is überhaupt nix passiert, weil nämlich ein Trick an den fabriziert worden is. Der Batmann steht nämlich nur im Studio und springt von son Campingtisch runter, und hinter den läuft ein Film ab, von einen andern, der wirklich so bekloppt war und da runtergesprungen is und die schönen Aufnahmen hinterlassen hat. Gez denkt doch jeder im Kino, dat is der Batmann gewesen, und in Wirklichkeit war dat nur einer von diesen hochmodernen Filmtricksen. Ja, und der Batmann sackt sich oscarmäßig die Lorbeeren ein, und dieser arme Standmann wird höchstens nochma im Abspann erwähnt. Ja, und die Filmgesellschaft lässt maximal noch en paar Kröten für die Grabpflege springen.
Also dat wär doch vor fuffzig, sechzig Jahren unmöchlich gewesen. Zum Beispiel früher diese Gottzilla- und King-Kong-Filme, da hasse doch sofort geschnallt, dat da einer in den Pelz drinsteckte und sich für den Gottzilla ausgegeben hat. Der echte Gottzilla wollte doch mit son Scheiß gar nix zu tun haben.
Und im Laufe der Filmgeschichte hat sich dat immer mehr verfeinert. Zum Beispiel später bei den Lassie, da

hat man dat doch schon gar nich mehr gemerkt, dat da einer in den Köter drin war.
Ja, und heutzutage krisse doch überhaupt nich mehr auseinander, wer is Trick und wer nich. Wer is der Schauspieler und wer is der Dinosaurier, wie dieser Steffi Spielberg. Ja, die holen die Tiere und ihre Darsteller gar nich mehr ins Studio. Dat wird heute alles am Computer erstellt. Da ham die ungeahnte Möchlichkeiten mit. Die können Tote dadurch aufstehen lassen, so dat die wieder mitspielen können. Man weiß doch gar nich mehr, wer is tot, wer lebt noch, wer is noch unter uns.
Zum Beispiel der Tom Hengst, der sich da im Film neulich mit den John Eff Kennerdy unterhalten hat. Ja, da fragt man sich doch, is der Tom Hengst gez tot oder nich. Dat lässt sich doch gar nich mehr aufklären.
Wat mich aber am meisten immer beeindruckt hat, dat waren die Trickse von diese Zukunftsfilme: die »Infusion vonne Vega« oder »Krieg die Sterne«, »Peterchens Mondfahrt« oder »Traumschiff Unterpreis« mit den Spock als Vulkanmann, dat hat mich immer völlig geplättet. Jedesma, wenn ich dat Spitzohr von den Spock gewahr geworden bin, hab ich mich gefragt, mit welche Trickse die den seine Frisur hinbekommen haben.

Frauenkaffeeklatsch

Boh glaubse …

… heute is wieder Katastrophenalarm angesacht. Da muss ich für mich gez schonma wieder ne Evakurierung vorbereiten. Um Punkt halb vier is hier bei mir inne Bude praktisch Fliegeralarm. Da kommense aber auch alle angedüst, die ganzen Bomber von mein Frau ihren Kaffeeklatsch. Die ham doch, also für mich strenggenommen ham die doch regelrecht ein anne Klatsche!

Die treffen sich jede Woche, zum Glück aber immer reihum, so dat jeder Mann von die Klatschweiber nur alle sechs Wochen dran glauben muss.

Ich sach zu die Guste, hömma, warum trefft ihr euch eigentlich nich regelmäßig bei die Rita Hammerschlag? Die is doch gez seit neulich Witwe. Ja, da geht ihr doch kein aufen Sack! Aber die Guste sachte, dat wär sonne alteingesessene Tradition, und da wollten se auch selbs im Sterbefall nich dran rütteln.

Glaubse, ich möcht ma gern wissen, wat die da noch mit ihre versammelte Mannschaft zu sabbeln ham. Ja hömma, die treffen sich doch schon unter de Woche alle naselang und labern sich die Hucke voll: aum Markt, aum Supermarkt, anne Fleischtheke, beim Glatzenschneider oder beim wat weiß ich nich noch alles.

Und dat muss man sich ma vorstellen, dat betreiben die gez schon, seit die hier inne Sechziger die Siedlung aussen Boden gestampft ham. Dat war, eigentlich war dat sonne Überraschung für so Spätheimkehrer, die Siedlung, aber wir ham uns da über ein Bekannten ausse Wohnungsverwaltung reingemogelt. Ja, und seitdem wohnen wir

hier, und seitdem treffen se sich auch hier, die Quasselstrippen.
Ich hab schon manchma überlegt, mich da inne Runde als Wanze zu verstecken und dann en Lauschangriff zu starten, um rauszukriegen, wat da überhaupt für Themas Zugange sind. Sport kannze doch schonma drekt ausschließen, Fußball auch. Polletik? Nee, dat kann ich mir beim besten Willen au nich vorstellen, dat die da son Einblick für haben wie unsereins. Ja, wat bleibt da noch über? Tss … Eiskunstlauf oder Sonderangebote. Ja, aber dadrüber kann man sich doch au nich vier Stunden dran aufhalten. Pass ma auf, am Ende ziehn die noch über uns Männer her! Dat müsse dir ma inne Bewusstheit kommen lassen! Da räum die mehr oder weniger freiwillig dein Feld, damit die Frauen auch ma son bissken unter sich sein können, und als Dank verpetzen se dich. Dat wird da immer alles schön durchgekaut, dat unsereins ma in nen leicht angetrunkenen Zustand beim Pinkeln den Bottich verfehlt hat oder en Stück Glut vonne Zigarre inne Club-Garnetur reingerutscht is. Ich hör die Guste förmlich, wie se sacht, der bringt uns noch alle int Grab mit seine Glut!
Die solln hier gleich ma auflaufen! Den hust ich aber ein … ab! Oh, da geht der Schlüssel inne Tür. Ich muss aufhören.

Großverdiener

Boh glaubse …
… dat is ja sagenhaft, wat manche Leute in ihre Lohntüte am stecken haben, nur so für einen Monat. Da käm unsereins seine ganze Existenz mit aus.
Zum Beispiel gez so Showstars, Proffifußballer, Spitzenathleten oder son Frank Elstner, Politiker vonne Regierung … die ham doch mehr Asche im Sack als gez son guter Verbrecher, so wie seinezeit die beliebten Posträuber von England mit Horst Tappert. Und die hatten damals nach den Clou einiges aufe Tasche!
Nee ehrlich, als ich dat damals gewahr geworden bin von diese Banditen, da war ich schon impeniert davon. Obwohl, mittlerweile weiß man ja, wo man eine Kuh melken muss, um an ihren Zaster zu gelangen.
Kumma gestern, ne, da saß ich beim Glatzenschneider inne Warteschleife mit son Revolverblatt inne Flossen, »Olle im Spiegel« oder son Dreck.
Ich mein, anfürsich kannze mich ja mit so Klatschgazellen jagen, fast so wie mit Graupensuppe, aber wat wollze machen, den Kicker hatte sich schon der Helmut Borsig abgegriffen, ja, und da hab ich ma son Auge in die Illestrierte riskiert.
Ja, und da stand et schwarz auf weiß, wat die Promenenz alles an einen einzigen Abend am verdienen is. Wat meinen Sie denn, wat sonne Magret Schreinermackers durch ein einziges Auftreten abzockt? Gez raten Sie ma! Da komm Sie nich drauf. Da war ich aber auch platt gewesen. Ich sach nur eins, fürn Fischbrötchen läuft die nich vor de Kamera!

Oder son Becker … also gez nich Brötchen, sondern Tennis. Da schwingt der en paarma die Keule auf den Zentnerkurt und is derekt inne höchste Steuerklasse! Der hat doch schon die ganzen Schweizer Banken vollgemacht mit seine Flöhe. Und der hat ja noch nich ma großartige Kosten. Son Tennisschläger krisse doch heut schon für fuffzig, sechzig Mark in jedem Kaufhaus hinterhergeschmissen. Dann brauchse noch son paar Galoschen vom Pumidas, die sind mittlerweile auch überall runtergesetzt, und fettich is die Lauge.
Ich weiß auch nich, irgenzwie macht unsereins wat falsch. Ich hätt damals ne Lehre als Quizmeister oder Lustiger Musikant machen solln. Da wär ich heute mit mein Sparschwein auf Sylt und würd den Fetten machen!

Handwerker und Ärzte

Boh glaubse …
… mein Nervenkostüm is ein Frack! Bei uns im Haus sind die Handwerker aktiv. Wat dat zu bedeuten hat, brauch ich ja wohl nich weiter ausmalen. Da klingeln ja wohl sofort bei jeden die Alarmsirenen inne Erinnerung. Komm, Herbert, ganz ruhig bleiben, nich aufregen. Denk dran, wat der Onkel Doktor dir verschrieben hat: ganz langsam bis zehn zählen! Eins … zwei … drei … vier … boh, dat geht mir aber gez aum Sack! Scheiß wat auf den Arzt. Mann du, der hat gut kacken da, mit seine funkelnagelneue Villa mit allen Schnick und Schnack dran. Dat is doch auch letztendlich von meine Diagnosen erbaut worden. Der soll mir wat erzählen da, mit seine Zählerei, der Sack!
Wat is dat denn für ne Art von Heilung. Is dat gez der neuste Schrei? Dat gibbet doch nich. Demnächs kommt da einer mitten Infarkt vorbei, und dann schickt der den ersma mit ein Dreisatz nach Hause. Darüber verendet der Patient dann, und der Quarksalber kassiert dann noch bei die Kasse ab.
Weiße, wat ich den wünsch? Dat bei den in seine Praxis drin, am besten noch mitten inne Operation, sämtliche Rohre platzen und von mir aus noch zusätzlich Kabelbrand und ne ausgelaufene Waschmaschine sind. Und dann würd ich nämlich hingehen und sagen: Oh, Herr Doktor Heinemann, hier is aber schön die Kacke am dampfen. Ich mein, ich will mich nich aufdrängeln, aber ich kann Sie eine eins a Handwerkskolonne aufdrängeln. Und gez schnappt die Falle zu. Gez brauch der nur noch

»ja« zu sagen, dann hab ich den im Sack. Dann kommen nämlich die wilden Gesellen vorbei. Dann stemmen die den nämlich ersma seine Hütte auf und verduften. Nach eine Woche schicken die den Stift zum Leergutabholen vorbei, und sons passiert gar nix! Ja, und irgenzwann fängt der an, auf sein Hof ein Notlazarett einzurichten, und dann kommt der Winter!
Und weiße, wat ich da mach? Weiße, wat ich da mach? Da geh ich da kerngesund vorbei und sach für den: Na, Herr Doktor Heinemann, heute schon bis zehn gezählt?

Handy

Boh glaubse …
… wat mir inne letzte Zeit unheimlich aum Sack geht, dat sind so Arschgeigen, nur mit son Hörer inne Hand. Weiße, diese Handis. Dat is im Moment wie eine Seuche mit die Apparillos. Jeder Heiopei, der meint, er müsste wat von sich halten, kauft sich son Horchomat und versucht, andere, wie mich gez auch, mit so normale Telefone, weiße, mit Schnur dran und alles, wie sich dat von Rechts wegen gehört, zu beeindrucken.
Ich mein, sicher, manche Menschen brauchen son Gerät schon so von Berufs wegen, sagen wir ma gez Notarzt. Ma angenommen, der muss aum Boiler und sich ne Stange Lehm aussen Kreuz holen. Ja hömma, früher wär dat doch gar nich möchlich gewesen. Der Mann, der hätt doch bis nache Schicht an sich halten müssen. Son Notarzt muss doch immer inne Verfüchbarkeit sein.
Ja, und heutzutage is doch durch diesen Handi einiges lauer geworden für die Ärzte. Die sind doch überall und immer erreichbar. Die können doch ganz entspannt auf die Schüssel drauf. Hömma, so viel müssen die gar nich, wie die gez mit diesen Handi können könnten.
Aber weiße, die meisten, die son Ding haben, die ham doch ein anne Waffel. Die wolln doch nur mit den Handi aufe Kacke haun. So Wichtigtuer, so Möchtegerns.
Hier bei uns inne Nachbarschaft, der Helmut Borsig, dat is auch son Kranker. Vorzeitiger Ruhestand! Die Olle is den letztes Jahr türmen gegangen, die Blagen können den auch nich riechen, ja, wat will son Mann mit son Mobilhörer?

Da sacht der: Ja, wenn die Frau sich meldet! Ich sach: Helmut, die Olle is weg! Die kommt nich wieder. Wat weg is, is weg. Da änders du auch mit dein Mobilhörer nix mehr dran. Meinze, da lässt die sich von impenieren? Et is immer wieder erschütternd, wat sich manche ausdenken, um als tolle Wurst im Licht zu erscheinen. Die verfügen nich über dieses nötige Kariesma und kaufen sich dann sonne Scheiße.
Dat is doch genauso wie diese Surfbrettsärge aufe Autos drauf, wo in Wirklichkeit gar keiner drin is, nur, um so ein Sportsmann raushängen zu lassen.
Wenn et nach mir ging, weiße, wat ich machen würd? Den Handi mit den Halter in den Surfbag und dann feste mit den dicken Knüppel drauf. Da triffse immer den Richtigen!

Herrenkosmetik

Boh glaubse …
… ich kann mich selbs nich mehr riechen! Ich stink wie ein Puma, aber aus alle Rohre. Ich weiß nich, ob Sie dat auch riechen können, aber dat is son ganz unangenehmer, leicht süßlicher … Puma.
Also, nich dat Sie gez denken, ich hätt so muffige Klamotten am Balg. Nee, nee, ich hab nur heut Morgen zum ersten Mal son modernen After-Chef aufgetragen. Ja, dat is en Geschenk von meine Frau gewesen. Die hat sich nämlich wieder von die Trini Stockmann bekloppt machen lassen. Die Trini is da neulich inne Fußgängerzone an son Probierstand geraten, für Männerkotzmetik, und hat dann meine Frau für mich dat Zeug aufet Auge gedrückt. Dat is ja im Moment die letzten Jahre unheimlich am kommen.
Ich mein, früher, da kanntesse Kernseife, dies Tabak Orgenal oder Paral, für den Achsel. Ja, dann warse aber auch frisch. Und dann fing inne Fuffziger der Kotzmetikbumm an. Ich mein, ersma so bei de Frauen, nu, die hatten et ja am nötigsten … nach den verlorenen Krieg. Dat war unglaublich, wat die sich damals allet auf die Maske gekloppt haben: Homozenta, Platzentubecks Zeh, Schlangengurken, Strahler 70, Botteram und wat weiß ich nich noch allet. Ja, und da waren ja damals womöchlich schon überall die verrückten Rinder drin. Ich mein, man hätt dat auch seinezeit schon bei einige Frauen gesehen. Dat waren für mich schon sonne Art Vorboten. Ja, und irgenzwann is die ganze Scheiße auf die Männerwelt übergeschwappt.

Ich weiß noch, wie ich dat erstema, so mitten inne Siebziger, den Torwächter Sepp Maier mit eine Minnipling-Frisur unter seine eigene Latte … also von sein Tor gesehen hab. Ich denk noch, hömma, wat is dat denn? Zeigen se gez schon Frauenfußball? Die sind doch ers in zehn Jahre soweit! Ich weiß au nich, wat der Sepp sich dabei gedacht hat. Ob der gez die gegnerischen Stürmer inne Irritation schicken wollte, dat die denken, hoppla, da is ja ne Perle inne Hütte. Da kannze gez aber nich voll Spann abziehen. Da musse den mitte Seite reinschieben. Ja, wat zur Folge hatte, dat der Sepp unheimlich viel Bälle schnappen konnte.
Ja, und dann zog dat ja immer größere Kreise. Auf einma hatte bald jeder Arsch sonne Frisur. Ja, und dann fingen die auch noch an zu stinken. Und schließlich gab et für jedet Körperteil am Mann ein Spezial-Ondecolonch, for men. Ich muss ehrlich sagen, ich werd da nich warm mit. Mir wird da schlecht von.
Gez muss ich ersma kucken, dat ich den After-Chef unauffällig aum Klo versenk. Also, wenne mich frags, sonne Pulle von die Kokos Changnel kann gegen son ordentlichet Stück Kernseife nich anstinken!

Horoskope

Boh glaubse …
… manchma isset ja doch interessant, wat so in diese Horrorskope vonne Illestrierten über einen selbs drinsteht. Zum Beispiel gez über mich.
Wat bin ich nochma für ein Tierzeichen? Jungfrau! Da ham wir et doch schon: Geboren vom 24.8. bis 23.9. Ja, ja, dat zog sich damals.
Ma kucken, wat se gez schreiben: »Es knistert wieder. In der Liebe stehen alle … Ampeln auf Grün. Ehe Sie sich versehen, rappelts im Karton. Gez ran an den Speck!« Meinen die gez meine Frau, die Guste, damit, mit den Speck, oder kommt da bald ne andere im Busch aussen Quark oder wat? Dat is ja praktisch ne Anstiftung zum Seitensprung.
Ich mein, ich lass mich ja gez nich scharfmachen, aber et gibt auch Kerls und Weiber, die würden gez schon aussehen wie Nachtbars Lumpi, so spitz wären die.
Die müssen aber auch ma vorsichtig sein mit ihre Weissagungen, diese Sterndeuter. Ich mein, bei die ganzen Apparillos, die da oben durch dat Uneversum am fitschen sind, da kannze doch schonma schnell einen Irrtum aufsetzen. Diese ganzen Sternhaufen und Nebel, Großer Wagen, Kleiner Bär, Pollersterne und dann die ganzen Atztendenten, zwischendurch ma ein Satellit, Apollo 12 oder ein Russe, da steigt unsereins doch nich ma mehr durch.
Und auf Grund von sonnen Schisselaweng wolln die ein Tippse geben, wie man den Leben sein Herr werden kann, wanne zum Beispiel im Beruf den Fetten machen

solls oder inne Liebe den Larry raushängen lässt oder andersrum. Ja, und unsereins fällt da noch drauf rein, und ruck, zuck bisse der Arsch der Woche!
Kucken se ma, der Heini Bückmann ausse Emscherstraße, der war immer sein Horrorskop hörig. Dat war praktisch den seine Bibel. Ja, und einma stand da wohl in die Proffizeiung vonne »Praline«, Heini, du solls so feste feiern, wie se fallen, ja, und dann muss der Mann wohl dermaßen versackt sein, dat der heute noch en Pflegefall is. Dat hatten se dem aber nich vorausgesacht, dat der son Elend nach sich zieht, der Heini.
Nee komm, ich lass die Finger von die Flirterei, von wegen »Ran an den Speck«! Nachher land ich da mit meine neue Perle bis zu den Michael Schangze in seinen Flitterabend. Ja, und dann steht meine Frau da, als Kameramann verkleidet mit einen Ballermann inne Hand, und pustet mir die Grütze ausse Runkel und dem Schangze auch!
Wat is die Guste eigentlich nochma für ein Tierzeichen? Schütze! Ach du Scheiße!

Hundehalter

Boh glaubse …
… gez mach ich aber ersma en paar Kreuze. Gott sei Dank is der Helmut gez mit sein Fiffi abgedackelt. Wenn der da mit den Köter noch eine Minute länger bei mir inne Bude geblieben wär, dann hätt ich aus den Hund aber selbs regelrecht Schappi hergestellt!
Mann, Mann, is dat ne verrückte Töle! Hier, die ganze Auslegware hat der mir vollgesabbert mit seine Spucke. Ich weiß auch nich, dat Tier is da irgenzwat in den Teppich gewahr geworden. War der da am rumscharren und stochern, als ob da en Knochen vergraben worden wär. Ich sach für den Helmut, hömma, Helmut, wat is denn mit den Trixi los? Hat der ein am Appel oder wat, oder is gez den sein Instinkt mit den am durchbrennen?
Nee ehrlich, der Trixi hat hier einen Zirkus veranstaltet, wie im Zirkus. Aber dat is ja auch kein Wunder. Der Hund is ja bei mir inne Wohnung gar nich in sein eigenen Element. Ich weiß gar nich, ob Sie dat wissen, der Trixi is ja einer von diese Husky-Hunde, auf gut Deutsch gesacht. Der is ja anfürsich gelernter Schlittenhund.
Ich sach noch so seinezeit zu den Helmut Borsig, Helmut, wat wills du mit ein Schlittenhund hier inne Gegend bei uns? Dat Tier findet doch hier überhaupt keine Arbeit. Wir leben doch hier nich aum Kahlen Asten oder Nebraska. Ich sach, Helmut, du has doch noch nich ma en Schlitten, wat wills du denn dann von den Trixi? Den Hund sein Talent is doch hier völlig falsch am Platz aufgehoben. Und son Tier kann sich ja auch nich einfach so umsatteln lassen, wie unsereins, zu Schäferhund oder

Boxer. Dat is doch auch kein Wunder, dat son Schneebello bei uns inne Breitengrade, wo jede Schneeflocke, wenn se denn ma kommt, sofort mit Salz bekämpft wird, wenn son Hund dat arme Dier kricht.

Ich sach, Helmut, kumma: Also ohne dat ich für den Trixi gez die Partei ergreif, wenn se dich gez als Fliesenleger in Lappland verpflanzen, ja, dann sabberse denen aber auch ersma den Teppich voll, den Lappen.

Nee komm, en alten Hund pflanzt man nich um. Nee ehrlich, wenn der Helmut en Herz hat, dann setzt der den Trixi in Winterberg aus. Dat muss ich dem ma unauffällig stecken.

Karl May

Boh glaubse …
… weiße, wer mir auch die Tage wieder, nach ganz, ganz lange Zeit, inne Finger gekommen is? Der Karl May, der Vatter von Winnetou I bis III.
Ich war so bei mir im Wohnzimmer am abstauben, und unter sonne dicke Möckelschicht, also inne oberste Regalreihe, wo die Guste mit ihre Stummelbeine gar nich drankommt und ich dann schonma alle paar Jahre Hand anlegen muss, da lag er dann auf einma: »Der Schatz im Silbersee«!
Ich denk, gez holen se mich ab. Is dat nich der bekannte »Schatz im Silbersee«? Ja, und rubbeldiekatz war ich schon wieder am schmökern. Dat war dann auf einma für mich wie eine Reise in eine unheimlich vergangene Zeit. Ja, und auf einma kam die ganze Bandbreite von meine Kindheit in mir hoch. Ich hab se alle gehabt: Unter Geiern, Der Schutt, Old Schuhhand, Bambi, Durch den wilden Kurdistan, Halbblut und wie se alle heißen, die lustigen Gesellen ausse wilden West-Zeit.
Wen gab et da noch: Sam Hockins, wenn ich mich nich irre, hihihi, Hatschi Halef Omma, dat war ja beides der Ralf Wolter, die N'Skischuh, dat hab ich bis heute nich verstanden, wat dat fürn Vorname is, »N«. N… na ja, die warn einfach jeck, die Rothäute.
Wen kannte der noch alles, der Kalli May? Den Old Shatterhemd mit sein Henri Stutzen, den Bärentöter, den Kaba Ben Nemsi, dat war ja alles der Leck Barker gewesen. Aber wen ich immer am lustigsten fand, dat war der Winnetou, der Hauptmann vonne Ampanschen, der

langjährige Lebensgefährte von den Old Shatterhemd. Da is mir immer die Herzklappe aufgegangen, wie der Karl May dat immer so schön beschrieben hat, seitenlang, wie der Winni mit sein schwatten Klepper, den Iltis, durch die ewigen Jachtgründe stolzierte, die Silberbuchse immer im Anschlag, für den Fall, dat der Ölprinz umme Ecke kommt.
Ja, dat warn für uns damals Helden, Vorbilder, wie die den Bleichgesichtern mitten Skalpell dat Fell über de Ohren ziehen konnten, dat war schon oberste Liga! Wer kann dat heute noch?
Nee, mein Herz hat immer für die Indianer geschlagen. Die mussten sich ja auch einiges bieten lassen von die Ammis. Ers hamse denen für Spaß die ganzen Büffels weggeschossen, dann die Grundstücke weggenommen und ham die dann alle auf son Campingplatz zelten lassen, und damit die nich anfangen zu motzen, ham die die mit Feuerwasser vollgepumpt.
Ja, dat Leben is nich immer gerecht. Schon gar nich im Wilden Westen. Da können die Indianer heute noch ein Lied drauf singen.

Kirmes

Boh glaubse …
… ich bin noch ganz meschugge. Bei mir dreht sich dat Innere nach außen. Also nich, dat Sie meinen, euer Herbert is erbärmlich abgestürzt. So viel sauf ich ja auch nich. Nee, ich war mit die Enkeln, mit den Marzel und die Jackeliene, aufe Kirmes. Nee ehrlich, da is gez noch der Backfisch inne Gedärme am rotieren. Die Blagen ham mich aber auch auf Apparate draufgeschleppt, dagegen is aber Apollo 13 ein Schiss. Auf die Apparate sollten die ma ihre Kozmonauten drauf trimmen. Da könnten se aber ihre Trainierhalle in Husten, Texas, dichtmachen. Da kann sich der Kap Kennerdy aber wat anderes für ausdenken.
Dat fing anfürsich ganz harmlos an. Also wir ham ersma so künstliche Nahrung aufgenommen: Zuckerwatte, Popskorn, Bratapfel. Und dann derekt mit die volle Wampe inne Geisterbahn. Et is ja unglaublich, wat da alles arbeitet als Erschrecker. Ich bin mir ziemlich sicher, dat ich da den Helmut Borsig, meinen Nachbar, gesehen hab. Ich werd den bei Gelegenheit ma fragen, wat der sich da so nebenbei als Geist verdient.
Ich mein, dat mit die Geisterbahn hab ich alles in allem noch gut verpackt, obwohl, der Helmut is mir schon son bissken aum Magen geschlagen, wie der sich da in die eine Kurve selbs am würgen war.
Ja, und dann fing der Marzel aber an zu drängeln, dat er auf dies Hulli-Gulli-Gerät wollte. Meine Fresse nee, wurdse da in sonne Kapsel reingezwängt, gegen einen Schips, und dann dreht sich dat Dingen auf einma wie

ein Krupps-Drei-Mix auf allerhöchste Stufe, aber so, dat du meinz, die Innereien spielen die Reise nach Jerusalem, nach dem Motto: Einer muss raus! Ja, und die Blagen sich am kaputtlachen, und ich wollt en Priester kommen lassen.
Und dann der Leiter von den Hulli-Gulli immer mit seine Drohungen: »Gez legen wir nochma en Zahn zu! Gez kommt et ganz dicke! Fangt an zu beten!« Ich denk, Kollege, wenn ich hier jemals lebend rauskommen sollte aus den Hexenkessel, dann setz ich dich aber höchstpersönlich auf dein Hulli-Gulli-Entsafter. Dann kannze anschließend neben den Helmut Borsig inne Geisterbahn als Kinderschreck auftreten.
Und dann die ganzen anderen Apparillos, die ham mich so plemplem gemacht, dat ich schon gar nich mehr weiß, wo ich da draufgewesen bin.
Na ja, wat mich dann son bissken versöhnt hat, war, dat die Enkeln mir bei unsern Abgang von die Kirmes von ihr eigenes Erspartes ein Lebkuchenherz abgeschossen ham. Dat is unglaublich, wie geschickt die Kinder mit den Karabiner umgehen konnten. Weiße, dat war son Herz mit sonne ganz anrührende Gravitation drin: Für Oppa!

Kleingärtnerwahn

Boh glaubse …
… der Hansi Schuricke, dat is vielleicht ein Pingelskopp! Gez sitz ich hier schon ne geschlagene Zeit am Fenster und studier den seine Machenschaften in den sein Beet drin. Ich weiß nich, ob Sie bei den Hansi schonma zu Hause waren? Der hat einen Vorgarten, da kricht ein Regenwurm Platzangst. Da machse ein Spatenstich und has derekt den ganzen Garten umgegraben. Wenn unsereins Dünnpfiff hat und dann schonma son Stück Land inne Hose rutscht, dann macht dat aber mehr her.
Ich weiß auch nich, wat der mit den Haufen Erde da bei sich alles anstellt. Ich hab den schonma so angesprochen die Tage, ich sach, Hansi, du musst den Boden doch auch ma ruhen lassen. Du musst den Humus doch auch ma ne Pause gönnen! Ich sach, Hansi, dat is wie im Tierreich, die wolln auch nich immer ständig umgedreht werden. Aber für so Problematiken war der Mann gar nich zugänglich. Ganz im Gegenteil, ständig siehse den mit so Giftfässer durch seinen Garten eiern, nur damit der immer wie geleckt is. Kaum kuckt da ma sonne Blattlaus umme Ecke, da knallt der schon son Fass drauf.
Ich sach wieder, Hansi, is dir eigentlich klar, woran du dich vergehs? Du brings doch dat ganze Ökogewicht ausse Gleichheit mit deinen Kleingärtnerwahn! Du gehs vielleicht mit deine Mutter Erde um, als wär dat der letzte Arsch. Dein Betreiben is doch gar nich mehr modern.
Vor kurzem auch wieder, da hat der da bei sich Schneckentod verstreut, aber so, dat die ganze Siedlung Last mit Asthma hatte. Da musste ich den ersma verklickern,

dat die Natur für so Fälle auch ihre Mittel zur Verfügung hat. Ich sach nochma, Hansi, wat lockt unsereins am meisten an? Gez hatte der Hansi irrtümlicherweise auf Weiber getippt. Aber da hab ich den ersma aufgeklärt. Ich sach, Hansi, mit Weiber kannz du gegen Schnecken gar nix ausrichten, da ham so Schnecken gar kein Auge für. Mit Speck fängt man Mäuse und Schnecken … mit Bier! Da stellze sonne Schüssel mit lecker Bier drin auf, und dann sollze ma sehen, wie die kleinen Schleimscheißer angeschossen kommen und sich da inne Fluten stürzen. Und dat Schöne is, die können nich schwimmen!

Ja, wenn der Hansi da ma öfter lecker Pils im Garten hat, dann komm ich auch ma wieder vorbei.

Mafia

Boh glaubse …
… weiße, wat inne letzte Zeit auch immer gefährlicher wird, also förmlich als für einen selbs als Bedrohung erscheint? Dat sind diese Lümmels von diese Mafiafamilie! Die ham doch mittlerweile überall ihre Fottfinger drin. Dat kannte ja unsereins bislang nur aus so Mafiasendungen im Fernsehen, so Krimis von Amerika oder Palermo auf Sizilien selber gez. Ja, und gez is dat auch bis nach hier zu uns vorgedrungen. Du muss doch heute schon davon ausgehen, wenne dir ne Pizza kaufs, dat ein Stück davon derekt auf den Spendenkonto von den Camorraverein geht.
Die von diese Mafia ham ja früher ganz klein angefangen, quasi als Protestbewegung. Dat war ja seinezeit so, dat der amerikanische Bundeskanzler aus irgenzein unerfindlichen Grund dat Pils verboten hatte und Alt, aber auch Kölsch, Export und so Kurze, also Klare und Steinhäger, ja, und dat hat dann dat Fass von größte Teile der Bevölkerung zum Überlaufen gebracht.
Ja, und dat war dann die Stunde von Alk Capone. Ja, da hat der dann den ganzen Fuselverkauf selbs inne Hand genommen und is darüber zu eine Mächtigkeit angelangt, wo einem Hören und Sehen vergeht. Ja, und dat hat Schule gemacht. Ruck, zuck wollte jeder dann die schnelle Mark machen. Ja, und dann sind ja einige Bekanntheiten daraus entstanden: Datsch Schulz, Mayer Lenski, Marlong Brandu und wie die ganzen Patenonkels hießen. Ja, und heute is dat ein Weltunternehmen, wie Wollwort, mit Filialen bis an Arsch der Welt.

Und dat is ja auch nich mehr nur diese amerikanische Mafia, sondern chinesische, Russenmafia und wat weiß ich nich alles. Die Pollezei sacht doch auch schon, dat die gar nich mehr der ihr Herr werden können.
Der Kurt Harras hier von nebenan, der is schon immer Wachtmeister gewesen, der sacht auch, die handeln mit alles! Nich nur Fusel und Autos und Prostition. Da werden ganze Atome illegal verscheuert! Wenn ich mir gez als Terrerist Herbert Knebel ne Atombombe bauen wollte, ja hömma, dat wär möchlich! Dat muss man sich ma vorstellig werden lassen.
Und dat Schlimme is, wenn die dir son Sack Plutonium oder auch angereichertes Urin vor de Tür stellen und du nimms dat nich an, ja hömma, da werden die Brüder aber ganz ungemütlich mit.
Na ja, komm, gez wolln wir ma den Teufel nich anne Wand machen, aber trotzdem: Holzauge … Sie wissen schon!

Männer-Eitelkeiten

Boh glaubse …

… wissen Sie, wen ich grade gesehen hab? Dreima dürfen Sie raten. Den Theo Röttger. Den kennen Sie doch auch, den kleinen Giftzwerg ausse Mallinckrodtstraße, der bei sich die ganzen Falschparker immer eigenhändig anscheißt. Der sieht gez vielleicht aus. Den hätten Sie wahrscheinlich gar nich wiedererkannt, wenn ich Sie gez nich drauf angesprochen hätte. Ne, müssen Sie ma drauf achten.

Ich sach so zum Theo: Hömma, Theo, bis du dat? Du bis dat doch, ne? Hömma, der hatte ne Frisur wie der Rapunzel, nur kürzer. Ich sach, hömma, Theo, du hattes doch letzte Woche noch beim Kegeln die Omme blank. Bis du an ein Wunder geraten? Da is ja gez wieder richtig Urwald! Der is doch nie im Leben echt. Ich sach, Theo, sach bloß, du has dir son Tuppet angeklebt!

Ja, der Theo sachte dann so, er hätt sich lang belabern lassen von eine Schönheitsexpertin, die meinte, dat er mit diese Haarprothese voll spitze aussäh, und zwar um Jahre. Ich sach, Theo, ich sach da nix mehr zu.

Nee, dat is schon erstaunlich, wat sich manche Männer, grade so in unserm Alter, ausdenken, nur um als jünglicher zu erscheinen. Ja, ganz entscheidende Problemzonen bei Männern inne Wechseljahre is ja Plauze, also Wampe, und absterbende Frisur. Ja, an dat Pilsgeschwür traut sich keiner dran, und die ganze Eitelkeit kozentriert sich dann auf dat Gefieder am Schädel.

Wenne ma so als alternder … Sack inne Mauser komms, dann jagt aber ein Jugend-forscht-Programm dat andere.

Da wird dann alles auf den Kahlschlag draufgekloppt, wat Heilung verspricht: rohe Eier, Biskin, Schampong mit Bier, nur Bier, Brennnesselsud und obendrauf ne Gurkenmaske. Ja, ich mein, hört sich ersma ganz lecker an, aber damit kannze doch nich sonne Lichtung aufforsten. Die ganz Harten lassen sogar an sich rumschnibbeln. Da wird dat Haar woanders am Körper, also sagen wir ma gez an Ihren Achsel oder weiter unten, also … wat weiß ich, wo Ihr Achsel is, also da wird dat Haar abrasiert und oben aufe Birne draufgepflanzt. Und alles nur, um noch ma vorde Pangsionierung die Weiblichkeit zu impenieren.
Ich sach, Theo, mit die Frisur locks du doch keine Perle aussen Busch. Da kannze aber lange warten vor den Busch. Ich sach, Theo, richtige Schönheit kommt von innen raus, kuck mich an!

Medikamente

Boh glaubse …
… weiße, wat die Menschheit aufe Dauer kaputtmacht? Hab ich mir ma so rausgekricht. Dat is strenggenommen diese Medikamente!
Ja, dat siehse doch schon dadran, wenne ma gez durch sonne Fußgängerzone bummels. Da findse doch höchstens ma ein Zoogeschäft, aber mindestens vier oder fünf Apotheken, im Verhältnis. Dat is aber, weil kaum noch einer wat mit Tiere zu tun haben will, aber alle wolln se Tabletten haben. Und dann auch noch für jeden Scheiß. Kumma, der Helmut Borsig, dat is auch son Spezialfall. Ich hab schon manchma den Verdacht geschöpft, dat der richtig süchtig is nach die Rezepte. Den sein Arzt, der Dr. Hackmann, kennt aber auch kein Pardon. Da kommt der Helmut hin und sacht: Ach, Herr Doktor, ich weiß nich, irgenzwie … Und schon pumpt der Hacki den voll mit ein eins a Universalcocktail von seine Hausmarke, dat dem Helmut die Haare zu Berge stehen.
Da frag ich mich doch allen Ernstes, wat is dat für ein Medizinmann, dieser Quarksalber? Der hat sich den Helmut doch gar nich richtig untersucht. Dabei hat der doch alles da in sein Attelje.
Ich sach, Helmut, du machs dich doch kaputter, als du schon bis. Du kannz doch nich alles runterschlucken, wat der Dr. Hackmann dir ständig am verabreichen is. Lass doch wenigstens ma die Zäpfchen weg! Die meisten Krankheiten erledigen sich doch von selbs. Also gez nich Brüche oder Schweinepest, aber sons hat die Natur doch auch selbsregelnde Heilwirkung im Angebot.

Ich sach, Helmut, geh doch ma nach son Homopath! Vielleicht hat der ja ma ne ganz andere Idee, wat dat mit deine ständigen Beschwerden auf sich hat. Ja, vielleicht schläfs du ja auf eine Wasserader und muss die nur austrocknen. Oder vielleicht is auch wat in euern neuen Kockosteppich drin, wat dich bekloppt macht. Ja, wat weiß ich denn, irgenzsonne Imprächnierung inne Faser, auf die du anschlägs. Hat dich denn der Dr. Hacki ma nach so Lösungen gefragt? Ich sach dir, der Doktor is doch ein Bückling der Tablettenbarone an Rhein und Ruhr. Der wird bestimmt geschmiert. Kuck doch ma, wie der aussieht; als ob der seine Tabletten für lau kricht. Und unsereins muss dafür schuften, damit er sich ma eine Pille leisten kann.
Weiße wat? Am besten is, man untersucht sich selbs. Ja, ich hab mir gez son Buch gekauft: Die schönsten Krankheiten oder so. Da weiß man, wat man hat.

Mondflug

Boh glaubse …
… weiße, wat ich schade find, dat heutzutage keiner mehr zum Mond fliegt. So wie früher mit diese ganzen Apollos immer. Nee, dat hab ich immer gern gesehen, wie se diese Kozmonauten im All ausgesetzt ham.
Nee, ich seh dat noch wie heute in meinem inneren Auge ablaufen, wie der Ammi, da dieser Nils Armschtrong, da seine Mauken in den Mond drückt und grölt: »Ich bin ein Berliner!« – oder war dat gez der Kennerdy? Nee, der war doch gar nich aum Mond unterwegs, die Gurke.
Ne, da ham wir damals alle inne Familie vor die Flimmerkiste gehangen. Da gab et zwei Sachen, die uns die Nächte um die Ohren gehauen ham: Erstens war dat immer, wenn der berühmte Boxer Katzius Clay, der später dann unter Muhamed Aldi arbeitete, einen von seine Kumpels im Ring selbs dat Licht ausgeschossen hat, so dat der inne Seile hing.
Ja, und zweitens war dat immer die Ankunft vonne Kozmonauten aum Mond. Weil, weiter sind se, glaub ich, nie gekommen. Außer gez so unbemannte, einfach nur so die hohlen Kapseln, die sind immer ganz schön weit gekommen, bestimmt so bis Jupiter oder Neptun da, so die Kante.
Dat war immer ein Ereignis. Da ham wir da im Wohnzimmer gesessen, und derekt vis-a-vis von uns gegenüber im Apparat waren die Kozmonauten aktiv. Die mussten ja immer durch diese Kapsel schweben und dabei die ganzen Plörren wieder einfangen, die da auch so durch die Kapsel schwebten. Dat war ja deren eigentlicher Job,

wo die die vonne NASA für angestellt hatten, also diese Schwerelosigkeit zu verpacken.
Dat is ja, sobald du im Universum eintritts, geht dir ja die Anziehungskraft vonne Erde flöten, und dadurch wirse auf einma so lahmarschig wie bei uns aufe Post die Schalterbeamten. Die könnten se praktisch auch mitte Kozmonauten zusammen aum Mond schießen. Die würden da weiter gar nich auffallen, höchstens gez anne Uniform würd man se noch erkennen, die Brüder.
Nee, ich find dat wirklich schade, dat se dieses Raumfahrtprogramm eingestampft haben. Dat fing doch alles so vielversprechend an. Ich hab mich schon selber da oben als Kappetän von eine Ausfluggesellschaft gesehen. Ja, dat wurd einem doch damals ständig proffizeit, dat man da auch ma Urlaub drauf machen kann. Ja, aber dat war wohl en Schuss innen Ofen.
Andererseits, wenn ich gez bei sonne richtig sternhagelvolle Nacht bei mir aum Balkong steh und den Mond seh, dann denk ich mir, is ja doch gut, dat et da gez nich so aussieht wie in Rüdesheim.

Mountain-Bike

Boh glaubse …

… ich glaub, gez müssen se die Straße teilerneuern, also vom Belag her ma wieder vom Tiefbauamt en paar Schüppen Teer anrollen lassen. Der Helmut, der hat aber auch ein Zacken draufgehabt wie ein Schumi. Nur, wo der Schumi vier Räder für brauch, kommt der Helmut mit zwei aus. Der is gez der Halter von so ein Berg- und Talfahrrad geworden, von son Montan-Beik. Der is so närrisch auf dat Gerät, der kommt da gar nich mehr runter. Der macht doch mittlerweile alles auf den Fahrgestell. Der steigt doch noch nich ma mehr zum Pinkeln ab. Irgenzwann is ma den sein Arsch mit den Leder von den Sattel verwachsen. Dann is aber der Arsch ab. Und ich muss mir dann wieder dat Geheule anhören, wenn der sich en Wolf gefahren hat.

Neulich auch, da stand ich mit den Echbert Herzberch vor dem »Zum Kanonier«. Dat is sonne Schankwirtschaft ganz bei uns inne Nähe vonne Wohnungen. Dat is, wenn ich bei mir aum Balkon steh, kann ich da praktisch hinspucken. Dat is diese Ecke, wo auch diese Schlackenhalde liegt, die se gez die Jahre über immer mit Grünzeug so schön deckeriert haben.

Ja, und dann sehn wir auf einma, wie sich da irgenzwat auf son Zweirad die Halde hochstemmt. Ich sach zu den Herrn Herzberch, Echbert, wer macht sich denn da auf den Koks zu schaffen? Da hat sich bestimmt einer von sonne Tour Fronks Veranstaltung verfahren. Ich denk, hömma, is dat gez am Ende der Edding Merks oder der Paul Schockermühle auf sein Drahtesel? Da winkt der

Arsch auch noch! Ich sach, Echbert, wat winkt der uns denn? Kennt der Paul dich? Da kommt der runter, da is der Paul unser Helmut in ein eins a Fahrradkostüm. Ich sach so zu ihn, hömma, Helmut, bis du gez unter die Proffis gelandet? Nee wirklich, der sah aus wie geleckt da in sein schlüpfrigen Dress und den Stürzhelm. Der sah so richtig erosdynamisch aus, bis auf den Schmierbauch, der da aus den T-Shirt rauskuckte.

Der hat sich aber auch ein ganz exklusiven Rad zugeschlagen, mit alle Schnicks und Schnacks, die die heutige Technik anzubieten hat. Bestimmt Fünfgang-Getriebe mit wahrscheinlich Rückwärtsgang extra, Nebelschlussleuchte, Zentralverriegelung, Kat, Schleudersitz und wat weiß der Henker. Wat meinze, wat dat kostet!? Bestimmt genauso viel wie en kleines Vermögen. Dat is praktisch die Hally Davixon des kleinen Mannes.

Ja, aber da musse dann auch ständig Angst ham, dat se den Schlitten klaun. Gez wird mir auch langsam klar, warum der Helmut da so mit sein Popo drauf verankert is, auf den Nobelgeschoss! Der hat Schiss!

Muttertag

Boh glaubse …
… gez muss ich ersma aum Balkong eine dampfen. Ma son bissken Ruhe tanken von den ganzen Theater da in die Wohnung bei unsereinen.
Mann, Mann, Mann du, jedes Jahr immer diese Mutterabfeierei von den Muttertach. Die ganzen Blagen und Enkelblagen aufe Hütte, da wirse doch bekloppt von. Die Mutter selbs, also als solche gez für sich gesehen, die hat doch gar nix von den Tach. Ich mein, sicher, sonne Blume oder sonne Dose voll mit Mong Scherries springt schon dabei raus, aber die eigentliche Bestimmung von den Tach, dat kricht doch kein Schwanz mehr mit.
Also, die Mutter, die soll doch auch sich an son Tach so als Mutter wieder begreifen, ma son bissken Kraft auftanken, so wie ich gez hier auf den Balkong von uns, weil die nächste Woche kommt ja so sicher wie … wie der … der Ochs vorm Berg. Ja, da muss die Mama doch wieder ihren Mann stehen, im Supermarkt durch die Schlange durchboxen oder Bier kaufen, diese schweren Kästen da immer schleppen. Ich mein, dat is auch kein Zuckerschlecken. Ja nu, aber einer muss et ja machen.
Deswegen versteh ich dat auch nich, dat die sich nich wenigstens ma an ihren Muttertach sich auf ihre Hibbelfott setzen kann. Ich komm doch praktisch gar nich dazu, die Frau zu verwöhnen.
Wenn ich gez sagen würd, Mutti, komm, ich koch uns ma wat, so ne Tasse Kaffee, da komm ich doch gar nich zu. Dat hab ich noch nich ganz ausgesprochen, da klebt die Olle schon am Boiler.

Die is schon seit heute Morgen um sechs Uhr in die Wohnung am wirken dran, weiße, damit auch alles piccobello wie geleckt is, wenn die ganze Meute da aufe Matte steht, die Parasitten. Ich sach, Guste, bis du eigentlich bescheuert?! Dat is doch heute deine Veranstaltung. Die solln doch wat mit dir machen. Du gehörs doch am Mittelpunkt von die Aufmerksamkeit von die Verwandtschaft. Aber weiße, da kannze auf die einpredigen du, wie … wie der Ochs vorm Berg. Dat empfängt die gar nich. Aber ich geh auch mittlerweile geh ich da gar nich mehr dazwischen. Die is doch alt genug die Frau.
Und et is ja auch so, ein son Tach im Jahr, also für die Mutter, ne, wenn wir ma ganz ehrlich sind, dat bringt doch auch nix. Mann, wat sollse gez an einen Tach so tun, als wär dat Leben für die Mutter anders. Du kannz doch auch nich für 24 Stunden die Welt aum Kopp stellen.
Ach, ich geh ma wieder rein. Ma kucken, ob die Guste en frischen Kaffee aufgesetzt hat.

Philosophen

Boh glaubse …

… weiße, wat ich immer gern am lesen bin? Dat is so inne Zeitung diese Sprüche, derekt vorne aum Deckblatt diese Tagessprüche, woe den ganzen Tach dran zu knacken has. Worauf die vonne Zeitung ja auch drauf raus wolln, damit du denen anne Stange bleibs.

Ja, da sind meistens so ganz schlau formelierte Meldungen von so ausgebildete Schlauberger. Wie schimpfen die sich noch … diese … Fillesoofen, gez hab ich se, die Brüder! Ja, heute Morgen war auch wieder sonne Schote in diese Rubrick »Der schnellste Spieler is der Ball!« – Sepp Herberger. Gez könnt man ja ersma meinen, ja und? Ja aber, da hat der sich aber schon wat dabei gedacht, der Sepp. Kumma, dat is ja wirklich so, auch im Leben. Da meint man immer, der Mensch is der Mittelpunkt von alles, und dann isset aber doch der Ball.

Solche Klamotten hatten die Griechen ja seinezeit unwahrscheinlich drauf. Ich weiß gar nich, ob Sie dat wissen, da war jeder zweite praktisch son Sepp: der Plankton, der Pythongoras, Zeus, Herpes und wat weiß ich nich, wie die alle hießen. Die rannten da alle frei rum und laberten jeden ne Klinke an Sack. Ja, aber dadurch dat die immer an denken warn, ham die einiges erfunden. Zum Beispiel dat Dreieck is, glaub ich, von die Griechen. Viereck hamse glaub ich auch derekt mit erfunden. Ja, aber da kannze ma sehen, wenne nix zu tun has, aber immer den Geist aktiv hälts, da kann schon einer bei rauskommen!

Ja, aber son Fillesoof is ja praktisch ein ausgestorbener Spezi inne heutige Zeit. Ich kenn auch nur noch einen

einzigen, den Echbert vonne Trinkhalle. Die meisten sagen ja, der hätt den Knall nich gehört, aber ich find, dat der mit die Griechen viel gemein hat. Der hat auch keine richtige Arbeit, aber manchma ganz impesante Weisheiten inne Vermittlung.
Ja, ich war vorn paar Monate ma einma richtig am Ende. Dat war der schwärzeste Tach in mein Leben. Da war ich so richtig rundherum aufe Kippe am Boden zerstört. Ich denk, gez hilft nur noch eins: die Trinkhalle.
Da komm ich da hin, der Echbert war auch da, und dann sacht er mir diesen Spruch, den ich nie in mein Leben vergessen werd … wie ging der nochma? Na ja, komm, egal. Jedenfalls, da war ich, als wenn se mich neu reingebracht hätten. Da kannze ma sehen, wie ein Spruch in ein richtigen Moment sein Leben fix und fettich umkrempeln kann!

Pingelsköppe

Boh glaubse …

… die Hetti Hohlmann, die Frau von den Harry Hohlmann, dat is vielleicht ein Pingelskopp! Man sacht ja immer so langläufig, Ordnung is dat halbe Leben. Bei die Hetti is dat dat ganze Leben. Dat is so eine, wenn die, gez ma so angenommen, eines schönen Tages auf ein Sterbebett liegt, dann zieht die, kurz vorm Abnippeln, nochma dat Laken stramm.

Ich sach dir, der Harry is nich mehr der eigene Herr von sich selbs. Der hat schon dicke Hunde mit die erlebt. Ich komm da auch gez nur deswegen drauf, aus akteellen Anlass quasi. Ich war nämlich gestern war ich da, um den Harry anne Hand zu gehen. Die hatten nämlich endlich ihren neuen Handtuchhalter für et Bad gekricht, und da sollte ich den Harry da eben zwei Löcher bohren, weil, der Harry hat ja keine Maschine.

Ne, dat war wieder fernsehreif. Da kommste an, da geht bei die Hohlmänner die Tür auf, und bevor de auch nur einen Fuß inne Auslegware setzt, hasse schon so Filzpantoffeln anne Quanten. Ich sach, Hetti, sind wir hier in Tockio beim Asier? Da seh ich, wie die den ganzen Weg vonne Tür bis nach dat Badezimmer mit Zeitungspapier abgedeckt hat. Dat Bad selbs war mit eine riesige Plastikplane verklebt. Ich sach, Hetti, is dat hier der Reichstach? Kommt der Christos mit seine Olle gleich hinter den Duschvorhang raus? Ich sach, Hetti, wir müssen zwei Achter-Dübbel versenken. Du machs ja ein Brummborium, wie wenn ein Ingstallatör dein Scheißhaus wegkloppen will.

Gez fing ich da an zu bohren, da hielt die derekt den Rüssel von den Staubsauger dadrunter. Da hat die beim ersten Versuch schon ein von die beiden Dübbel verschluckt gehabt, mit ihrn Rohr von den Kobold. Kaum warn wir fettich, fing die an, uns abzusaugen, damit wir deren Wohnung nich versauten. Oh, den Harry war dat ganz unangenehm. Dat konnt man richtig sehen, wie der sich für seine Olle schämte. Ja, der wollte mich dann noch zum Dank auf ein Schluck Bier bei sich einladen. Ich sach, Harry, lass ma, en andermal. Ich muss nach Hause, die Bohrmaschine ölen, gez wo se noch warm is.

Hömma, ich war froh, dat ich da aus die Karangtänestation rauskam. Wie kann man nur so leben? Ständig is die am wienern, permanent son Lappen inne Hand und immer wieder mit ein Handkantenschlag in die Paradekissen.

Hömma, wenne da längere Zeit in den sterilen Stall wars, kommste dir vor wie sonne Bakterie, auf die Jagd gemacht wird, von den Meister Popper persönlich. Ne, da lob ich mir meine Guste, die kann auch ma fünfe grade sein lassen, auch im Haushalt.

Pizza-Taxi

Boh glaubse …
… weiße, wat inne letzte Zeit auch immer mehr eine Überhand nimmt? Dat sind diese Taxis, aber gez nich so um unsereins abzuholen, wenn man den Arsch voll hat oder in Urlaub will nachen Flughafen für Mallorca. Also, die mein ich gez anfürsich gar nich. Sondern mehr so die Taxis, die, wenn man ma Kohldampf hat und die Guste is schlecht zurecht, für die einspringen und ein dat Fressen bis inne Wohnung reinbringen.
Gez meinen manche sicher so »Essen auf Räder«, aber dat is ja mehr so wat für Bettlägerigere, die et aus eigene Kraft gar nich mehr bis zum Herd schaffen würden. Dat mein ich gez anfürsich auch gar nich, sondern … gez kommt et mir: Pizza-Taxi! Meine Fresse, dat ich da nich derekt von selbs drauf gekommen bin.
Jaa … worauf wollt ich gez eigentlich damit drauf raus? Ach so, ja, die Überhand. Dat is wirklich, mittlerweile nimmt da ja fast jeder dran teil. Also zum Beispiel gez ich. Ich wollt da gez nie wat von wissen. Aber wie dat Schicksal so is, hatte sich die Guste letzte Tage beim Frauenkegeln verstaucht und war in ihre Wirksamkeit beschränkt. Ja, und ich sach, komm Schatz, bleib ma liegen. Der Papa macht schon.
Gez wollt ich aber nich derekt bis an meine Grenzen gehn und selbs kochen, und da fiel mir ein, dat der Ernst Pichel von den Italiener, den Luigi Pimpernelli, geschwärmt hatte. Der war damals bei uns auf Zollverein als ganz junger Hauer am Start gewesen, bis der die ganze Kohle weggekloppt hatte. Ja, zum Dank hamse uns dann

ja alle rausgeschmissen. Jedenfalls hat der Luigi sich dann über ne Pommesbude zum Pizza-Taxi hochgearbeitet. Und wenn man da gez anruft und sacht: Hömma, Luigi, einma die 12, aber ohne diesen Organo drauf. Ja, dann macht der dat. Und dat Schöne is, der bringt dat sogar bis bei dir inne Wohnung rein, mit sein Taxi.
Ich mein, sicher, die Pizza sieht gez nach die Überführung nich mehr aus wie neu. Dat is ja, wenn der Luigi mit sein Taxi bei uns inne Mallinckrodtstraße einbiegt, dann muss der sich ja ganz scharf rechts halten, ja, und die Pizza auch, beziehungsweise der Belag. Ich mein, der Luigi is gez festgeschnallt, aber der Belag ja nich. Ja, und dementsprechend sieht die Schindel dann auch aus, wenn se bei dir eintrudelt. Da musse den Belag ersma aus den Pizza-Karton rausstemmen und dann mit den Spachtel neu auftragen. Da musse den Luigi schonma ein Auge für zudrücken.
Aber wat willze machen, wenn die Frau ma nich so kann, wie de et gewohnt bis. Dann musse schonma selbs Hand anlegen.

Raucher I

Boh glaubse …
… die ganzen Knochen gelb! Dat krisse doch nie im Leben wieder ab. Wir ham aber auch gestern wieder wat weggeraucht, mein lieber Herr Gesangsverein! Dat ging in keinen Aschenbecher mehr rein.
Ja, der Theo Röttger hatte am Wochenende rauchfreie Bude, und da hat der die ganzen Kollegen vonne Rauchergruppe auf en paar Stangen eingeladen.
Da warnse aber auch alle wieder versammelt. Der Ernst Pichel war da, der Ozzy Ostermann, der Trainer und der Paul Jäger.
Ich sach, Mensch, Paul, wat wills du denn hier? Setz dich mit bei. Kannz zukucken, aber lass die Raucherei! Dat is doch rausgeschmissenes Geld. Weil, Sie müssen sich dat bei den Paul Jäger so vorstellen: Da zieht sich praktisch vonne Mandeln bis in die hinterletzte Lungenspitze ein einziger Teerstrang. Dat Zeugs kommt doch gar nich mehr an, wo et hin soll. Dat verpufft doch schon alles im Einlassbereich.
Nee, wat ham wir da gestern weggedampft. Glaubse, da war binnen kürzeste Zeit die Hütte zugequalmt. Da musstesse alle fuffzehn Sekunden laut durchzählen, um festzustellen, ob noch alle da sind. Da hing der Schmodder, dat gelbe Zeug, so richtig satt im Teppich drin. Dat zog so zentnerweise inne Übergardinen rein und hat noch den Kleister hinter die Strukturtapete weggeholt. Die Schwaden, lang, rauchig und dick, hömma, die zogen bis aum Hausflur. Dat ganze Mietshaus hat praktisch mitgeraucht.

Ja, leid getan hattet mir nur um den Wellensittich. Den hattet doch in Nullkommanix vonne Schaukel gekloppt. Ob der am nächsten Morgen nochma aufe Krallen gekommen is, dat wag ich zu bezweifeln.
Ja, dann musste der Paul Jäger wat früher abhaun, weil, die arme Sau arbeitet ja noch schichtweise, hömma, der is da gar nich mehr weggekommen. Der is aufe halbe Treppe mitten Infarkt liegen geblieben. Da mussten wir noch en Notarztwagen kommen lassen, damit der Paul rechtzeitig aufe Schicht kam …
Boh, mir hängt gez noch die Pumpe auf halb acht. Ach komm, ich sach mir immer, wat der Körper brauch, dat soll der haben. Mann, komm, wat soll dat denn. En bisken Spaß muss sein, sons kannze dich doch derekt inne Kiste legen.
Guste, ich geh ma en paar Zichten einholen. Nich datte meins, ich setz mich ab.

Raucher II

Boh glaubse …
… ich hab ne gute und ne schlechte Nachricht. Zuerst die schlechte: Der Paul Jäger is tot. Und gez die gute: Der hat noch jede Menge Rauchwaren hinterlassen.
Dat muss den irgenzwie im Morgengrauen erwischt haben. Laut seiner Frau zu folgen, saß der Paul bis spät inne Nacht vor der Glotze, und dabei sind ihm wohl die Zichten ausgegangen. Er raus aussen Haus, ab umme Ecke an Automaten, und da hattet ihn wohl erwischt. Da kam er wohl grade noch dazu, die ersten drei Markstücke einzuschmeißen, aber dann hattet ihn umgekloppt.
Am nächsten Morgen hamsen gefunden, wie die Hand noch zum Einwurfschlitz zeigte. Ja, da sind wir mit de Kollegen vonne Rauchergruppe aus hingegangen, haben die restlichen Markstücke eingeschmissen und die Schachtel in Andenken aum Paul aufgequalmt.
Aufe Beerdigung isset dann noch fast zum Eklat gekommen. Als der Pfarrer meinte, Erde zu Erde, Asche zu Asche, da is wohl, unglücklicherweise muss man sagen, irgenzeinem vonne Kollegen en Stücksken Glut mit inne Gruft reingefallen und hat die Kiste vonnen Paul angekokelt. Ja, da war vielleicht wat los. Wat wir denn fürn Gesocks wärn und ob wir keinen Anstand im Balg hätten und wat weiß ich, wat se uns da alles an Kopp geschmissen haben.
Aber als der Paul auf seine letzten Tage, als dem schon ständig die Rauchwaren ausse Hand fielen, bei mir aufe Bude aus die neue Auslegware praktisch en Sieb gemacht hat, da hab ich auch geflissentlich drüberweggesehen.

Jedenfalls, da hab ich so beim Stillen in mir gedacht: Der Umwelt ihr Dank is sein Lohn.
Na ja, auf jeden Fall, wir sind nachher noch hingegangen vonne Kollegen vonne Rauchergruppe aus, ham schön fürn Kranz gesammelt fürn Paul, schön in aschgrau gehalten mit son Bucket dran, sonne Art Schleife mit sonne Gravitation drin: Paul, ein letzter Zug, deine Rauchergruppe!

Rechnungen

Boh glaubse …
… ich hab en Hals bis zum Anschlag! Rechnungen über Rechnungen, da is doch irgenzein Komplott im Gange. Glaubse, die wolln mich fettich machen! Da ham die die Rechnung aber ohne den Knebel gemacht.
Hier, den ganzen Briefkasten hamse mir vollgesteckt mit den Schisselaweng, die Blutsauger die: Wassergeld, Nachzahlung, achthundertsiebensechzig Mark, für Wasser! Ja hömma, hab ich en Schwimmbad gekauft, oder wat? Mensch, wo kommt denn bei mir ma Wasser zum Einsatz? Doch höchstens ma aufe Lokusspülung, wenn überhaupt.
»Sterbekasse Haus Berge«, wat wolln die denn von mir? Ich bin doch noch an existieren! Glaubse, da liegse noch nichma mim Arsch inne Kiste, da wolln se schon an deine Penunsen dran!
Jau, der hat mir noch gefehlt inne Rechnung, der Zahnarsch mit seine Gammelanfüllungen! Boh glaubse du, dieser scheiß Prothesenkomiker, der veranstaltet bei mir mitten inne Fresse sonne Art Jugend-forscht-Programm, bohrt alles an, wat anzubohren is, zerrt mich da permanent in seine Röntchenstube, verballert ein Film nachen andern, um mir dann letztendlich sonne Trümmerprothese zu verpassen. Gez soll ich noch für den ganzen Mist aufkommen! Wat is dat denn hier gez? Jau, immer drauf! Ja sicher, ich habet doch! Ich steh den ganzen Tach aum Balkong und schmeiß die Lappen runter!
Spendenaufruf!! Wat wolln die denn von den Verein von mir? Da bin ich doch schon seit Jahren kein Mitglied

mehr. Mann du, dieser Verein, dat war son kombinierter Verein aus Schrebergärtner … und Sportschützen, »Die Heckenschützen«! Dat war vielleicht en Scheißverein! Da standse mim Arsch inne Möhren, und neben dir sind die Geschosse eingeschlagen. Von denen krieg ich doch höchstens noch ne Wiedergutmachung. Die ham mir doch meine ganze Laube durchsiebt, die Flaschen.
Boh glaubse du, wenn ich mich so aufreg, da geht et mir drekt immer anne Pumpe. Mein Arzt, ne, der hat mir an und für sich verboten, an Briefkasten zu gehen. Aber ich mein, wat willze machen?
Hömma, gez dreht die Luzzi aber gleich am Rad! Dat is doch nich wahr, ne! Is dat wahr? Gez gehn se hin und erhöhen mir die Strompauschale, gleichzeitig erniedrigen se mir aber die Gaspauschale. Ja, wat tragen die dat denn auf mein Rücken aus? Mann, dat können die doch gegenseitig verrechnen. Einfacher Dreisatz, hasset aufe Kette. Mann du, diese scheiß Heizkosten! Früher ne, da hat ich Fernwärme. Da war bei mir immer kalt inne Bude. Nee, ob draußen der Lorenz geballert hat oder sich Graupelschauer gen Himmel ergossen, ich bin immer mit de dicken Plörren am Balg rumgelaufen. Dann hab ich aber nachher diese zündende Idee gehabt und bin näher an dies Kraftwerk drangezogen. Und damit nix anbrennt, bin ich noch zusätzlich auf Koks umgestiegen.
Hömma, wat hab ich denn gez überhaupt, Koks oder Gas? Ich hab doch letzte Woche ers fünf Zentner Koks eingekellert. Dat war aber auch son preisgünstiges Angebot … Ich bin mir ziemlich sicher, dat ich Koks hab. Oder hab ich doch Gas? Ah glaubse, die könn ein aber auch bescheuert machen!

Reinkarnation

Boh glaubse …
… weiße, wat ich inne letzte Zeit immer fürn Gefühl hab? Als wenn ich schonma dagewesen bin! Wissen Sie, wat ich mein? Als ob ich vor mein eigenen Leben schonma Existenz gewesen bin. Als wenn dat, wat sich gez mit mir abspielt, schonma alles durchgekaut worden wär, aber in ein andern Gewand und aber auch mit ne andere Hausnummer, diese Reeinkarnation – Wiedergeburt!
Dat kennen Sie doch bestimmt auch: Da is man zum Beispiel im Urlaub zum erstenma am Arsch der Welt, ja, und dann kommt der ein bekannt vor! Und obwohl man genau weiß, dat et nich sein kann, hat man dat Gefühl: Hier warse schonma!
Mir is gestern auch son Dingen passiert. Da war ich verschleppt worden. Also gez nix Schlimmes. Der Helmut Borsig hatte mich nach Gelsenkirchen aufe Trabrennbahn mitgenommen, um diese Furzknoten von Jockeis anzukucken, die da in son Sulky ihre Pferde verfolgen. Und da hab ich so beim Stillen in mir gedacht: Herbert, irgenzwie kommt dir dat alles unheimlich bekannt vor, die ganze Atzmosfähre aufe Rennbahn, dat Gerenne, die Pferdeluft, der Gestank von den Publikum, der Helmut, die Stallungen; als wenn dat alles schonma dagewesen wär. Auf einma hat ich dat Gefühl, nach eine lange Irrfahrt zu Hause angekommen zu sein.
Und dann spürte ich auf einma, wie eine Vission in mir hochkam, und ich wusste: Ich war der Ben Hur von Gelsenkirchen … gewesen, die Mutter aller Jockeis. Und ich seh mich inne Endrunde, wie ich den Helmut, der

seinezeit Pongtius Pillatuss gewesen sein muss, die Karre ansäg, und ganz Gelsenkirchen jubelt mir zu und ruft: »Helmut, du Arschloch!« In den Moment krich ich auf einma einen Stoß inne Rippen, und der Helmut sacht zu mir: »Hömma, Herbert, has du ein anne Schatulle? Wat soll denn dat Gepöpel?« Ich sach: »Pongtius, ich bin eine Wiedergeburt!«
Und seit diesen Ereignis zermarter ich mir mein Schädel, wat ich wohl noch alles gewesen bin. Ja, pass ma auf, irgenzwann kommt wieder sonne Sittewation, da entpupp ich mich auf einma als Eiwenhoh oder Willie se Kitt oder vielleicht auch ma als Tier zur Abwechslung, Lassie oder Batman und wie se alle heißen. Ne, wirklich, da macht man wat mit, aber wat willze machen?

Sammler

Boh glaubse …
… weiße, wat auch ein Club für sich is? Jäger und Sammler! Besonders aber die Sammler mit ihre Sammlungen. Hömma, dat sind Individiums, die gar nich mehr richtig sauber ticken mit ihren Trieb, alles habhaft zu werden, wat die Sammlung dient. Die sind regelrecht süchtig. Die hängen an ihre Sammlung wie diese Haschpappies am Hauptbahnhof. Ne, dat is erschütternd, wenn man so nach und nach gewahr wird, wer da alles von schon verseucht is.
Ich will Sie gez ma ein Beispiel verabreichen, und zwar von den Theo Röttger. Den kenn ich persönlich schon, solang ich mich überhaupt an den erinnern kann. Der Theo war anfürsich immer sonne Art »Hans Wurst in alle Gassen«. Der is gez nie weiter auffällig geworden durch irgenzwat Besonderes. Ja, und auf einma entpuppt der Mann sich über Nacht als ein Sammler großen Kalibers! Wat glauben Sie, wat der sammelt? Ja, ich hab et auch nich geglaubt. Auf jeden Fall hat der die ganze Bude damit voll. Na ja, dat muss er selbs wissen.
Ich mein, kumma, wir haben früher auch gesammelt, aber dat hielt sich doch allet in Grenzen, zum Beispiel Birkelpunkte, Fußballbilder von Schalker Kreisel oder Rabattmarken aussen Konsum. Ja, aber dat war doch noch wat. Wenne genug von die Birkelpunkte hattes, hat der Herr Birkel ein auch schonma ne Nudel spendiert, oder wenne die Verkäuferin dat vollgeklebte Rabattmarkenbuch gezeigt has, dann hattesse bei die einen gut, und nach Feierabend kam die bei ein aufe Hütte und … hat

sich dann die Fußballbildersammlung angekuckt, von den Schalker Kreisel.
Ja, aber dat waren doch noch Sammlungen, die Hand und Fuß ergaben. Aber heute sammeln se doch jeden Dreck und tun noch so, als wenn et gar kein Dreck wär: volle Telefonkarten, alte Autos ohne TÜV, benutzte Klamotten von Stars oder die Männekes ausse Überraschungseier. Son richtiger Sammler verheizt Haus und Hof, nur weil ihm ein Ei fehlt. Da treibt dat Elend wilde Blüten.
Aber meinze, der Staat schiebt da ma ein Riegel vor? Im Gegenteil, der sammelt doch selbs wie die Bekloppten: Altpapier, Glas, Blech, Lumpen, leere Batterien, Altöl. Ja, früher wurd dat einfach so weggeschmissen. Ja, und heute wird et gesammelt … und dann weggeschmissen. Verrückte Welt! Da soll noch einer schlau dran werden.

Sexpraktiken

Boh glaubse …
… ich bin noch immer völlig vonne Socken! Ich krich dat noch gar nich richtig auf, wat sich da gestern Abend aufe Bildscheibe von mein eigenen Mattschirm abgespielt hat. Ich weiß gar nich, ob ich dat gez hier so öffentlich über Ihren Äther ausbreiten soll, aber ich machet ma einfach. Dat war nämlich ein Bericht über nich ganz alltägliche Sexpraktiken. Da konnte man sehen, wat manche Menschen in ihren eigenen vier Schlafzimmern für ein Ferkel sind. Dat is unwahrscheinlich, wat et da für ne Vielfalt gibt. Man glaubt dat gar nich, wat sich manche alles einfallen lassen, um sich in Fahrt zu bringen.
Da hatten se da so zwei Kandidaten, die waren da mit sonne Art Taucheranzüge zugange. Ich weiß auch nich, der Mief von den Gummi muss die so spitz gemacht haben, dat die aufeinander losgegangen sind. Wat meinze, wat da los is, wenn die irgenzwo anne Tanke an son Reifenständer vorbeikommen oder Bekanntschaft mit ein Gummiknüppel von ein Bullen machen. Dat is doch für die wie Ostern und Weihnachten auf ein Tach, nur schöner.
Wen hatten se da noch alles im Angebot: einer, der in sonne Ziege verknallt war, oder gez ne etwas ältere Dame, die nur rattig wurde, wenn se ein Schaffnerkostüm anhatte. Ne ganz eigene Abteilung warn diese Kollegen, die da zu son Domino-Studio hingegangen sind, um auf ihre Kosten zu kommen. Dat muss man sich ma vorstellig werden lassen. Da kommen die zu die Domino hin und sagen »Tach, Schätzchen« und kriegen derekt ein vor

den Tabernakel gekloppt. Dann kommen die da in deren Werkstatt, und dann sieht dat da aus wie in die Klinik von diesen Dr. Frankenstein: Hobelbank, Schraubstock, Knarrenkasten, alles wat dat Herz begehrt. Da bleibt kein Auge trocken.
Nee, also für mich persönlich wär dat nix. Ich werd da nich so richtig warm mit. Ich mein, sicher, so bestimmte Sachen, die sind schon dienlich, grad im Alter, so Hilfsmittel für beim Sex. Also wenn die Partnerin sich schonma schalangt mit so Stützstrümpfe dekoriert oder der Partner vorher zwei Tage lang rohe Eier inhaliert, um sich aufzuforsten, da sach ich nix gegen.
Nee, aber wenn ich mir vorstell, dat ich in son Taucheranzug gez vor die Guste auftauch, um die als Jack Cousteau oder als Heinz Sielemann zu stimmelieren. Nee, lass stecken!

Sonntagsspaziergang

Boh glaubse …
… weiße, wat mir unheimlich aum Schlappen geht? Dat is sonntachs spazieren gehen müssen. Dat is noch schlimmer wie samstachs einkaufen gehen … auch müssen. Und dat is schon die Hölle auf Erden.
Meistens malt man sich dat doch für ein Sonntach wunderschön aus, so inne Fantasie: Einma kein Wecker stellen, bissken länger schlafen und dann um Schlag elf mitte Kumpels am Stammtisch von »Rudis Eck«. Und schon hasse die erste blonde Vase am Hals. Ja, Samtkragen hinterher, und dann wird aber auch disketiert, über die revuepassierte Woche, also: Sport, Fußball oder Rot-Weiß, und schon is der Deckel voll. Da solls ma sehen, wie schnell son Tach rum is inne Vorstellungskraft von ein selbs.
Ja, und wie sieht et gez aber in echt aus? Da hasse grade die Galoschen anne Mauken und willz dich klammheimlich verdünnisieren, da steht die Guste draußen vor de Tür wie der Vatter Morgana und sacht: »So, Herbert, Schuhe schon an? Da gehn wir gez ma schön mit die Enkeln spazieren.« Ja, und dreima dürfen Sie raten, wohin? Zum 185sten ma in den Streichelzoo vonne Gruga.
Weiße, wenn ich schon dat Wort »Streichelzoo« hör, da könnt ich schon so reinschlagen. Also, gez nich in die Tiere selbs, dat sind ja ganz arme Würste, sondern ich mein mehr in die Einrichtung als solche. Ich weiß nich, ob Sie in Ihre Heimat auch ein Streichelzoo … verfügen, aber wenn Sie irgenzwie spitzkriegen, dat son Dingen bei Sie durchgeboxt werden soll, dann heißt et aber: Holzauge … Sie wissen schon!

Da kommen ganze Völkerscharen von Spaziergänger angeschissen, um die Viecher zu streicheln. Und oft bleibt et ja nich beim Streicheln. Da werden dann so Ziegen oder Meerschweine oder Steinböcke, also praktisch alles, wat nich wegfliegen kann, schonma ganz hart rangenommen. Da hat nämlich der Streichelzoo-Chef so Aparillos aufgestellt, wo die ganzen Besucher dat Futter abziehen können und wo sich der Chef dann auch noch schön ne Mark nebenbei verdient, und zwar dumm und dämlich. Ich sach Sie, nach son Sonntach da sehn die aus, die Tiere, wie so aufgepumpte Steiftiere. Dat is unglaublich, wat die Viecher wegstecken müssen. Tausende von wildgewordene Patschehändchen begrabbeln die da, packen die am Pelz und reiten auf die rum, wie son Rodeo. Da wirse vom Zukucken alleine schon bekloppt.
Ja, und wenne dann abends völlig groggy aufen Sofa hängs, dann is die Guste von den Ausflug so inschpiriert, dat zu Hause der Streichelzoo weitergeht. Die Guste kricht aber auch den Hals nich voll.

Spanner

Boh glaubse …
… weiße, wat se anfürsich ma richtig verbieten müssten? Dat sind diese Spanner. Weiße, diese Kollegen, inner Regel sind et ja meistens Kerls, die überall, wie gez zum Beispiel auf ne öffentliche Rolltreppe, wo der Spanner sich ja gern versammelt, vonne Weiblichkeit wat erhaschen wolln. Ich sach ma, so Einblicke, die man von Rechts wegen gez nur so in Spezialgeschäfte für Hefte oder gez in Zellofang anne Tankstelle oder auch aufe Büstenhalterseite vom Otto-Katalog ma gewahr wird, wenn et sich gez ma im Alltach nich umgehn lässt.
Ja sicher, hin und wieder krich ich ja doch auch so Sachen angeboten. Gez zum Beispiel … ja, wat nehm wir da ma … son Tennismatsch vonne Champignon-Chips von Vimpelten. Da kommt et doch auch schonma vor, dat sich ne Spielerin, wie sagen wir ma, die Arangchez Santa Fizzkario, nach ein Ball bücken muss, der ihr vorher hingefallen war. Ja, dann lässt et sich nich umgehen, dat man der ihren Schlüpfer gewahr wird. Ja kuck, unsereins kuckt dann anstandshalber nach dem Ball, aber son richtiger Spanner kuckt die Übertragung doch nur wegen den Schlüpfer. Dem is der Ball doch scheißegal!
Oder Frauenfußball: Da interessieren die sich doch en Dreck für den Spielstand. Die warten doch nur dadrauf, dat der Liberorin bei ein Befreiungsschlag dat Kostüm platzt.
Oder Frauencatchen in Matsche: Dat kucken die doch nich, weil se en fairen Kampf sehen wolln. Die Frauen üben da jahrelang im Schlamm, wie se sich am besten

untereinander plattmachen können, und werden dann praktisch nur als ein Objekt der Erottick qualifikziert. Dat sind Schweine, da diese, diese Spanner, diese Wolljöhre! Ich mein, dat is gez nich so, dat ich da gar kein Auge für hab. Ich bin ja von Haus aus auch nich der Papst mit sein Zöllibad. Also, wenn da gez ma son richtig strammes Dingen entlangkommt, dann stell ich mir auch schonma vor, wie dat mit die auf sonne einsame Baccardi-Insel wär. Aber deswegen muss ich die Frau doch nich derekt mit ein Röntgenblick ausziehn.

Der Kurt Harras, dat is auch einer von die scharfen Sorte. Der is auch nur am peilen, immer die Antennen auf Empfang. Weiße, da kommt ma ne Frau vorbei mit … ich sach ma, vielleicht en bissken zu kurzen Rock, da kricht der Kollege sofort Stielaugen. Und den seine Hormondrüse is schon wieder derekt am applaudieren dran. Ich sach: Kurt, du altes Steiftier, dat mit deine Augen nimmt nochma en schlimmes Ende. Du infikziers dich bestimmt nochma mit Augenaids oder son Scheiß! Mann, reiß dich doch ma am Riemen!

Ufos

Boh glaubse …
… weiße, wat inne letzte Zeit immer mehr um sich greift? Dat sind diese Außerirdischen, diese Marsmännekes, die sich angeblich gez wieder überall inne Öffentlichkeit zeigen. Ja, und wie dat so is bei so Fennemäne, hat sich dat bei manche Leute schon zu eine regelrechte Hysterie gemacht.
Ne ehrlich, manche ham doch wirklich schon ein anne Waffel dran. Da stehn die bei sich abends aum Balkon, ham womöchlich noch die Lampe an, und drei Balkons weiter zündet sich der Theo Röttger grad ne Zarette an, und dann sehn die dat kurze Aufblinken von den Feuerzeug und meinen, eins von diese Uffos gewahr geworden zu sein. Und ruck, zuck hamse den Finger inne Wählscheibe, um die Uffo-Benachrichtigungsstelle zu erzählen, dat se wieder eine von diese Untertassen inne Siedlung aufgestöbert haben, und zwar bei Röttgers aum Balkon, derekt neben den Theo, und ob der Theo nich auch schon angerufen hätte, und wenn nich, dat der dann in allergrößte Gefahr schwebt, verschleppt zu werden bis an Arsch der Welt von den Kozmos.
Ja, und ruck, zuck läuft da die »Fang den Uffo«-Sondereinheit mit ihre Spezialanzüge auf, um den Theo rauszuhaun. Der Theo blickt aber überhaupt nix und denkt, gez isset soweit, die Russen kommen. Ja, wat bleibt den Theo anders übrig, als die Russen-Benachrichtigungsstelle zu alarmieren.
Ja, wat is? Rubbeldiekatz läuft da die »Fang den Russen«-Sondereinheit mit ihre Spezialanzüge auf, und schon

sind se sich allemann am verwämmsen, beim Theo aum Balkon. Ja, und auf einma sieht dat dann noch en anderer Nachbar und denkt sich, beim Theo aum Balkon sind die Hulligens zu Besuch.
Ja, wieder ruck, zuck stehn drei Wannen voll Bullen vor de Tür. Wie vonne Tarantel gestochen, schlagen die sich bis zu den Theo sein Balkon durch und hauen den Theo ein mitte chemischen Keule vor den Tabernakel von den seine eigene Maske.
Ja, und dat alles nur, weil irgenzson Tortenarsch dat Feuerzeug von den Theo innen falschen Hals gekricht hat.
Sach ma, wat is dat denn da fürn Blinken im Unneversum? Guste, komma schnell kucken! Ah, dat is bestimmt nur der Theo.

Unmögliche Namen

Boh glaubse …
… weiße wat ich Sie schon die ganze Zeit erzählen wollt, dat is dat Schicksal, wat manche Leute mit sich rumtragen, bezüglich ihren Namen.
Wir ham da son ganz tragischen Fall im Kegelverein. Der Mann heißt Rainer … ahm … Ficker. Tja, da hamse nich mit gerechnet. Ja, ich war damals auch, als ich den Rainer kennenlernte, war ich auch ersma baff gewesen, als der sich bei mir als … na ja, per Nachname vorstellte. Aber ich hab mich mittlerweile, an den Rainer sein Name gewöhnt. Also für mich bewirkt dat gez nix mehr an Lustigkeit oder Spott wie inne ersten Jahre von unsere Bekanntschaft.
Aber, wenn der Rainer gez irgenswo hinkommt, wo der neu is, wie gez neulich, da musste der seinen Sohn, den kleinen Ficker, den Jens, einschulen lassen, ja, dat war für den Rainer schon ne sehr pikäre Situation. Also, für den Jens gez weniger, weil, die Blagen reden sich doch heutzutage alle so an.
Aber nich dat Sie gez denken, den Rainer wär en Einzelfall. Den gibt et wie Sand am Meer. Ich hab ma so spaßeshalber mir ein Telefonbuch vorgenommen. Ja, wat hab ich alles gefunden: Bärbel Stripper, Peter Puff, Sigrid Kotermann, Walter Kotz und so weiter und so weiter. Ich möcht ma gern wissen, wat für Entstehungsgeschichten so Hausnamen haben. Ich vermute ma, dat die Namen früher aus en ganz anderen Zusammenhang gerissen worden sind, als se sich heute darstellen. Dat vielleicht, wat heute en Puff is, nich immer en Puff war, sondern vor

lange Zeit ma ne … Lotto-Annahmestelle, also gez als Beispiel. Ich mein, dat weiß man doch nich. Ja, und dann hatten sich die Namen gez über Generationen fortgepflanzt und erscheinen inne heutige Zeit als ne ganz andere Bedeutung, also, nich mehr Lotto-Annahmestelle, sondern Puff. Und der Peter hat drunter zu leiden.
Ja, kucken Se ma, ich gez als Knebel, im Moment bin ich ja noch fein raus. Aber wer weiß denn, wat in fuffzig oder sechzig Jahre mein Name für ne Bedeutung erlangt? Na ja, auf jeden Fall, wat den Rainer anbelangt, da geh ich oft hin und tröste den und sach, komm, et hätt schlimmer kommen können. Stell dir ma vor, du würds gez Sabine heißen, also, Sabine Leutheuser-Schnarrenberger. Dann wär aber vorbei.

Unwetterkatastrophen

Boh glaubse …

… ich hab mich wieder irgenzson Virrus eingefangen. Bei mir da trieft et aus alle Öffnungen gleichzeitig. Ich hab dat noch gar nich richtig lokalesiert, wo dat Sauviechs überhaupt Einlass gefunden hat. Nee du, wat ich in die letzten Tage alles in den Lappen reingeplästert hab, dat geht in keine Badewanne mehr.

Dat is aber auch mit den Wetter hier, einma hüh und einma hot. Gestern konnze noch mitten T-Shirt rumlaufen, heute hasse wieder die dicken Plörren am Balg. Mann du, dat macht doch kein Organismus aufe Dauer unbeschädigt mit.

Ah, die letzte Zeit, da is ja ganz schlimm. Hömma, nur noch am plästern. Ich frag mich, wo dat ganze Zeugs noch hin soll. Der Regen, der kommt doch gar nich mehr mitten Versacken nach. Wir sind doch schon seit Monate gez vonne Schlechtwetterfront eingekesselt. Diese ganzen Niederschläger und Tiefauslöser, ich möcht ma gern wissen, wo die alle herkommen? Dat solln se ma rausfinden. Da solln se den Schirmherr ma von ausfindig machen. Da soll der Umweltminister ma schön rechieren gehn. Da hat der wat zu tun, die Pfeife! Mann du, dat Tief, dat kommt doch gar nich mehr hoch.

Dat is aber auch kein Wunder. Ne kumma, dat Ozzenloch, diese ganzen Treibhäusereffekte, ja nu, letztendlich brauch man sich da nich wundern, wenn dat Wetter am Rad dreht. Dat is aber auch im Moment überall woe hinkucks so. Da in Los Angeles, die ham doch gez noch den Schlamm im Wohnzimmer liegen.

Oder gez en Bekannter von mir hat erzählt, also gez nich derekt von mir, sondern von den Rheinard Libuda son Kunde aus den seine Lottostelle, der war in Ägypten. Ja, und dann sind die da mit ihre Reisegruppe auf sonne Pyramide raufgedackelt. Ja hömma, da liegt da oben Schnee drauf! Dat musse dir ma vorstellig werden lassen. Dat is doch kein Wunder mehr, dat die da auf alles ballern, wat fremd is, die Arabier. Nee, auf ihre Pyramiden lassen die nix kommen. Da verstehen die kein Spaß, die Pfarreros. Hatschi! Boh hömma, wat is denn hier?! Kommt mich gez schon Moos anne Nase raus oder wat is dat? Also wundern würd mich dat nich. Die Nässe sitzt doch in jede Fuge bei ein selber. Du kriss ein doch gar nich mehr trocken heutzutage. Dat is nur noch ne Frage vonne Zeit, bis dat einen Kiemen wachsen.
Ich hab mir gez en Aquarium gekauft mit son Fisch drin. Den studier ich immer, wie der so klarkommt mit sich unter Wasser. Wer weiß, wat noch alles auf ein zukommt.

Verpackungsmüll

Boh glaubse … wat is denn dat hier fürn Zellofang um den Uhu! Boh, bisse ma zu den Kleber angelangt bis, da sind dir deine Nerven schon banane. Die verpacken aber auch heutzutage jeden Dreck, als wär dat der Kaiser von China.

Ne kumma, dat is doch so, wenne von Einkaufen komms, hasse zu Hause ersma Bescherung, aber ohne Überraschung, weil, du weiß ja, wat für Waren du habhaft geworden bis, ja, und anschließend hasse ein Entsorgungstermin. Ich sach dir, die Brüder vonne Industrie, die halten dich auf Trab. Ich mein, sicher, en paar Sachen kommse nich dran drum rum, die zu verpacken. So Bier zum Beispiel, dat kannze die Kundschaft ja nich inne hohle Hand schütten. Da musse schon ne Flasche drummachen, damit dat nich verdunstet.

Oder so hygsjenische Artikeln für diesen Intimmbereich. Ja nu, dat musse auch, aber streng verpacken. Stell dir ma vor, dat liegt da alles so offen aum Wühltisch rum, und alle fummeln se da mit ihre Fottfinger dran rum und du wischt dir anschließend den Arsch damit ab. Ruck, zuck hasse dir doch son Entzündungsherd mit anne Flora gesetzt. Nur weile Einkaufen wars, wa! Ja hömma hier, Arschlecken!

Aber andererseits, die meisten Klamotten kann der Händler doch auch offen feilbieten. Da muss doch nich derekt immer son Brummborium mit drum rum sein. Die vonne Regierung sind da ja schon lange hinterher, da hinter die Verpackungen angeblich en Riegel vorzuschieben. Aber ich mein, man muss sich doch allen

Ernstes fragen, ja wo isser denn, der Riegel? Weiße, stelln se da gez überall in diese Supermärkte Sammeleimer auf, für Papier, Pappe, Plastik, Organabfälle und wat weiß ich nich noch alles. Ja, meinze denn, wenne den Müll nich nach Hause brings, sondern im Geschäft lässt, isser weg? Die sind doch bescheuert. Die meinen damit allen Ernstes der Lösung ihr Herr werden zu können. Ich lass mich doch als Otto und Normalverbraucher nich von die blind machen für dat Problem.

Kumma, gez gehnse doch sogar noch hin und geben diesen Verpackungskünstler da, diesen Christos, freie Bahn, den Reichstach einzupacken. Ja, wie passt dat denn zu denen ihre Sammeleimer-Aktion? Na ja komm, immer noch besser, als die Bude wieder abzukokeln, wie die Nazzis seinezeit, und dat dann die Kommenisten anzulasten.

Pass ma auf, dat da mit die Verpackungsaktion von den Reichstach will am Ende auch wieder keiner gewesen sein. Nich dat se dat am Ende wieder die Kommenisten anlasten. Da sach ich aber, Gerechtigkeit muss vor Recht ergehen, sons können wir doch alle einpacken!

Weihnachten

Boh glaubse …
… jedes Jahr der gleiche Scheiß! Immer Weihnachten! Die können sich auch ma langsam wat anderes einfallen lassen.
Mann, Mann, Mann, ich weiß gez schon nich mehr, wo et mir überhaupt steht. Wenn mir dies Jahr noch irgenzein Nickelaus krummkommt, den hau ich ein mit sein eigenen Sack vorn Kopp.
Die Vorstellung allein schon von diesen fiesen Christbaum bei mir inne Bude, die bringt mich schon zum Rasen. Immer den Fichtennadelmief im Rüssel. Ich sach jedes Jahr zu meine Frau: Guste wat soll dat hier? Leben wir hier in eine Schonung oder wat? Ich glaub, ich steh im Wald!
Dat is ja nich nur allein mit den Christbaum getan: Atsventskranz hier, Kerzenengsombel da, anne Tür die Tannenzweige, überall baumeln die Engelchens vonne Decke. Mann du, dat sieht hier jedes Jahr aus wie im Stall von diesem Bettlehem.
Wenn dat Jesuskind als solches dat geahnt hätte, wat der für einen Rattenschwanz nach sich zieht, ja hömma, der hätt sich gar nich als Wunder von den Herrgott zu erkennen gegeben. Der wär da schön in den Strohhaufen liegengeblieben und hätt wat Ordentliches gelernt. Aber der musste ja unbedingt Heiland lernen. Ja, und gez hab ich Ochs und Esel inne Bude.
Mann, Mann, Mann, ich freu mich gez schon wieder, wenn Sylvester is. Weiße, wat ich da mach? Weiße, wat ich da mach??? Da schmeiß ich einen Heuler in die

Krippe, und dann kann der Kasper, der Melchohr und auch der Baltasar aber zusehen, wie se Land gewinnen, die Blutsauger die!

Zahnarzt

Boh glaubse …

… mit mir is heute gar nix los. Mich brauchse heut gar nich ansprechen. Ich bin so mit mir inne Beschäftigung, dat ich für andere Menschen gar nich mehr benutzbar bin.

Also, wenn meine Frau, die Guste, gez kommt und sacht, »Hermann, kannze mich ma ….«. »Hermann« sach ich gez schon. Da kannze ma sehn, wie weit et mit mir is.

Ich bin mit meine Nerven blanko. Und dat alles nur wegen ein einzigen Termin. Morgen früh um zehn Uhr bin ich dran. Da is Stichtach. Da geht et an mein Eingemachtes. Aber gez nich, wat Sie denken. Nich dat Sie gez da irrtümlicherweise auf einen falschen Dampfer … ich mein, ich weiß ja gar nich, wat Sie denken, aber sagen wir ma so: ZAHNARZT!

Da muss ja wohl bei jeden, der noch ganz bei Trost is, die Alarmglocke Rot anzeigen. Ja, da hamse wohl nich mit gerechnet, dat Sie gez so fies geschockt werden! Für die, die schwache Nerven haben, die können ma eben kurz auf WDR 4 umschalten und sich von den Pater Illic beruhigen lassen.

Ich seh dat schon vor mir in mein inneren Auge ablaufen: Da komm ich da rein, und da steht schon der Folterknecht in Form von eine Sprechgehilfin und sacht scheißfreundlich: »Ah, Herr Knebel, wir ham uns ja eine Ewigkeit nich gesehen. Nehmse doch noch en Moment im Wartezimmer Platz.«

Ja, und da sitzt man da mit die anderen Todeskandidaten, und so langsam nimmt bei ein selbs der Schmerz ab und

der Schiss zu. Und wenn man sich grade verdrücken will, packen se dich mit den Sabberlätzchen in den Folterstuhl. Und plötzlich wird et um dich rum ganz still, und du hörs, wie deine Pumpe unheimlich am pumpen is.
Und in den Moment kommt der weiße Hai umme Ecke und hat auch schon die Flossen bei dir im Maul. Und dann hör ich schon, wie der sacht: »Oh, oh, oh!« Und schon stehnse alle um dich rum, die ganze Belegschaft mit ihre Holliwutt-Fressen, und kucken dich mitleidig an. Und dann packen die den Hilti aus und machen bei dir einen Durchbruch nach dem andern. Und wenn se nich mehr weiterwissen, schmieren se dir die Stumpen mit diese Gammelan-Füllungen zu, verpassen dir noch ne Betäubungsspritze und schmeißen dich raus.
Boh, gez hab ich mich selbs schon so in Schiss geredet, dat ich gez ersma die Keramik aufsuchen muss.

Zeitungswerbebeilagen

Boh glaubse …
… wenn dat so weitergeht mit die Werbeeinlagen in die Zeitungen, dann musse dir demnächs die Zeitung mitte Sackkarre inne Hütte schieben, weil, anders krisse dat doch gar nich mehr gebügelt, vom Gewicht aus gesehen. Dat wird immer schlimmer mit diese Reklame. Da wird doch unsereins mittlerweile regelrecht mit zugeschissen. Kumma, allein heute: Ein Proschpekt »Proffi Baumarkt« mit son Sonderangebot »Blockhütte Finn« für 998 Mark! Wat soll ich mit ne Blockhütte inne Mietswohnung?
Ein Proschpekt »Schuhhaus Blöker« mit so spezielle Angebote für Cowboystiefel. Die sind doch bekloppt! Wer is denn heutzutage noch Cowboy? Bei uns inne Siedlung auf jeden Fall kenn ich keinen, der versucht, aum Gaul an Arbeit zu kommen.
Ein Proschpekt »Möbel Bückmann« mit son Spitzenangebot von eine Polstergruppe für 24 Personen. So viel Leute kenn ich überhaupt nich! Da müsst ich ja praktisch schon in eine Eishockeymannschaft mitwirken und die dann alle mit ihre Gegner, samt Schieri und Puck, einladen, um die Polster vollzumachen. Nee, nee, komm, dann hab ich dann nachher die ganzen Kufenabdrücke inne Auslegware drin. Nachher ham die den Kanal voll, ich kenn die rauen Gesellen doch, und dann kommt et noch zu eine Keilerei zwischen die Guste und die ganzen Spieler, weil, wenn et eins gibt, wat die Guste aum Tod nich leiden kann, dann sind dat Kufenabdrücke inne Auslegware. Und alles nur wegen den »Möbel Bückmann« und sein Proschpekt bei mir inne Zeitung.

Aber da kannze ma sehen, wat Reklame alles anrichten kann. Ich bin ja gez noch einer von die resistenten Gegner der Konsumgesellschaft. Aber wat meinze, diese ganzen armen Schweine, die sonne Verführung, die von sonnen Proschpekt ausgeht, gar nich Einhalt gebieten können. Dat sind doch die wirklich innen Arsch Gekniffenen!
Ja kumma, angenommen gez einer von diese Konsumabhängigen, die sind ja praktisch so veranlagt wie diese Haschbrüder, diese Junkies, die brauchen ja sofort, wenn die wat sehen, so Stoff, aber kein Treviera, wenn gez einer von diese Menschen statt an meine Stelle diese ganzen Proschpekte vor die Flinte gekricht hätte, ja hömma, dann würd der doch gez schon inne Blockhütte, mit die Cowboystiefel an, aufe Polstergarnitur mit einen unheimlichen Kredit am Arsch Eishockey spielen!

Zoo

Boh glaubse …
… weiße, wo auch immer viel Leid und Elend anzutreffen is, is im Zoo. Also nich nur unter die Besucher und Wärter, sondern auch unter die Insassen selbs gez, also die Tiere. Nee, ich war erschüttert gewesen bei mein Anblick von die armen Viecher. Hömma, die leben da wie in Santa Fu oder Sankt Quenting!
Ja, ich denk, tuste die Enkeln ma wat Schönes an und schleifs die mit in Zoo und dann landeste im Archipel Gulag. Da kommste da rein, und da hamse schon derekt son schrägen Vogel, den se wahrscheinlich mit de Banane aus den Urwald gelockt haben, an sonne Stange angekettet wie seinezeit den Pappiljong im Kino. Mann, son Vogel gehört doch in die Luft … gejagt.
Paar Meter weiter sind da die Jumbos zu Hause, aber wie! Die werden da gehalten wie unsereins aum Klo, also gez vom Platz her. Ich mein, der eine Elefant hat auch schon ein am Appel gehabt. Der wippte da immer von ein Bein aum anderen, so regelrechte Steppbewegungen, aber ohne Schuhe. Dat ergibt doch überhaupt kein Sinn. Ach komm, mit Tiere könnset ja machen.
Wat auch ganz traurig war, war im Aquarium son Flipper, der dauernd im Kreis schwimmen musste bei Wasser und Brot. Da kann man dat arme Dier bei kriegen. Vor allen, wenn man weiß aus den Fernseh raus, wat der unter den Porter Ricks furn Lenz hatte. Dat schnürt ein schon die Kehle zu.
Dat Einzigste, wat noch halbwegs zu vertreten war, war die Haltung von den Faultier. Ja weiße, da hängt da son

nasser Sack am Ast und kricht den Arsch nich hoch, da denkse dir doch auch, ja komm, ob der Sack gez in Sydney hängt oder in Duisburg, dat is doch Jacke wie Hose. Aber am liebsten hätt ich en paar Ossies zusammengetrommelt und mit die die Mauern von den Tierpark umkloppen lassen. Ja, aber dann hab ich da doch noch rechtzeitig von Abstand genommen. Ich kann die doch nich alleine alle am Kacken halten, die Tiere … und die Ossis. Ich sach so zu die Enkeln: Marzel, Jackeliene, wenn der Oppa ma so gehalten wird wie die ganzen Tiere hier, dann setzt ihr den aber inne Wildnis aus!

Weltwunder des Ruhrgebiets: Glückauf-Kampfbahn

(Knebel steht mitten auf dem Fußballplatz. Zu seinen Füßen liegt ein Ball. Im Hintergrund sieht man die Tribüne.)
So, liebe Fernseher, gez präsentier ich Sie ma ganz wat anderes, und zwar eine heilige Stätte sondersgleichen im Revier. Wir sind nämlich hier auf Schalke, und zwar auf dem alten Schalke, also: Glückauf-Kampfbahn! Weil, der neue Schalke is ja en paar Killemeter weiter runter, aber dat kucken wir uns heute gar nich an, weil, dat is sonne moderne Mehrzweckschüssel, wie man se an für sich überall antrifft aufe Weit. Aber da wo ich gez steh, dat is der heilige Rasen aus Gelsenkirchen!
(Knebel beugt sich ungelenk zum Boden herunter und schnuppert am Rasen.)
Ich riech se noch alle, die Helden der Vergangenheit: Kuzorra, Szepan, Berni Kloth, Stan Libuda und wie se alle gehießen haben. (Knebel hebt den Ball auf und hält ihn unterm Arm.) Ja, dat waren hier alles Jungs ausse Nachbarschaft. Tagsüber ham die unter de Erde die Kohle weggekloppt, und nachts inne Freizeit ham die hier hart trainiert. Ja, und sonntags, wenn die nich einfahren mussten, da ham die hier gespielt. Dat war praktisch der einzigste Tag, wo die ma Tageslicht gesehen haben. Ja, und dann sind die hier blind wie son Rudel Maulwürfe über den Platz gekreist. Und so is der berühmte »Schalker Kreisel« entstanden. Die Gegner waren dann immer so irritiert von die Aktionen von die Schalker, dat die völlig … irritiert waren und dachten, wat is gez los? Wat spielen die fürn System? Wat fürn krankes Hirn denkt sich sowat aus? Und in den Moment ham se zugeschlagen, die Schalker Knappen.
(Knebel ist jetzt dicht am Tor. Er legt den Ball hin, läuft an und schießt am Tor vorbei.)

Scheiße! Ja, ich hab gez nich die richtigen Schuhe an. Auf jeden Fall, dat Volk lag ihnen zu Füßen.
(Schnitt. Knebel steht jetzt an der Seitenauslinie.)
Dat muss man sich ma vorstellen: Bis hier an die Linie ham die Fans gesessen! Da brauchte man keine Angst haben, dat da irgenzson Hulligen ausklinkt, weil, dat war alles eine große Familie. Bis zu 70.000 Verwandte ham hier die blau-weißen Jungens angefeuert. Ja, und nach dem Spiel sind se dann alle zusammen rüber nachen Vereinsheim.
(Schnitt. Knebel steht am Tresen im Vereinsheim.)
So, gez sind wir hier im Heim … vom Club. Hier hamse dann alle beinandergesessen: Spieler, Fans, Schiedsrichter, Gegner, Pollezei, und ham sich ein aufe Lampe gekippt auf ihren Sieg … oder die Niederlage … oder Unentschieden. Egal, en Grund gibt et doch immer. Ja, da hat so mancher Spieler sein Kicker-Lohn derekt wieder beim Wirt gelassen. Sowat wär heut doch gar nich mehr vorstellbar. Bei die Spielergehälter momentan, wenn die dat versaufen wollten, wären die doch den ganzen Tag drietendick. Obwohl, wie die heutzutage oft spielen, liegt der Verdacht schon nahe.
(Knebel zieht ein halbvolles Pils-Glas weg. Zum Wirt:)
Rudi, zapfse mir noch ne Vase an?
(Der Wirt reicht ihm ein Glas Bier. Knebel prostet ihm zu.)
Auf die Vergangenheit!
(Knebel stellt das Glas ab und wischt sich den Schaum vom Mund.)
Obwohl, ganz Vergangenheit is dat noch nich. Weil, auch heute trifft sich der ganz treue Schalker vorm Spiel hier anne alte Kampfbahn, pilgert im blau-weißen Pulk nachen Stadion und macht dabei den alten Schalker Kreisel so echt nach, dat den toten Spielern dat Wasser inne Augen steht. Tja, dat is Tradition im Revier! Prost!

Weltwunder des Ruhrgebiets: CentrO Oberhausen

(Eine große Halle im CentrO. Knebel kommt ins Bild geschlichen.)
So, liebe Fernseher, gez präsentier ich Sie ma ganz wat anderes, und zwar, wie sich die Zeiten so ändern bei uns im Revier. Ich erklär Sie dat gez ma an Hand von ein Beispiel. Also, wat Sie hier gez sehen, is eigentlich nich dat, wat et eigentlich ma war. Sie sehen hier, dat ich oberflächlich in ein Einkaufszentrum zustande gekommen bin, aber hinter die schicke Verkleidung von den alles verpuppt sich in Wirklichkeit … Thyssen! Also, nich der Boxer, der Meik Thyssen, sondern der andere, der August mit seine Hütte, also, August-Thyssen-Hütte. Ja, wat war dat für ne Hütte? Oh, dat war ne ganz harte Hütte, ne Eisenhütte. Und dat, wo ich gez steh, dat war ein unheimlicher wichtiger Stahl-Standort. So, und gez kucken wir uns dat ma ausse Nähe raus an. Kommt ma mit!
(Knebel winkt in die Kamera. Diese verfolgt ihn zu einem Metzgerei-Geschäft.)
So, hier bei Fleisch- und Wurstwaren Kloppmann, da hing früher die Thomas-Birne oder … stand se. Ja, dat war der Apparillo, wo die Stahlköche den Stahl heiß gemacht haben. Und wenn dat so richtig am prötscheln war, also bestimmt über 100 Grad, dann ham die die Birne gekippt und die heiße Suppe auslaufen lassen.
(Knebel wendet sich zur feisten Metzgerin.)
Ja, Frau Kloppmann, dat war Ihnen früher hier alles in Ihren Aufschnitt reingesuppt. Da hätten se hier höchstens als Grill ne müde Mark machen können. Da hamse aber Schwein, dat se gez ers hier tätig sind, nach den Untergang von die Hütte. Oh, ich seh grad, Sie ham Bierwurst im Angebot! Da tun se mir ma 150 Gramm aufe Waage! Ich hol die gleich ab, Frau …

(Knebel wendet sich zur Kamera.)
So, gez gehn wir ma rüber nach den Walzwerk, damit se dat auch noch ma zu sehen kriegen.
(Knebel winkt wieder in die Kamera und geht zu einem Dessous-Geschäft.)
Ja, dat is ne Überraschung, wa? Wo die hier früher alles platt gewalzt haben, hängen heute hier die Schlüpfer und Büstenhalter für Frauen. Dat hätten sich die Stahlwalzer auch nich träumen lassen. Vielleicht ham se hier ja wat Nettes für mein Frau, die Guste.
(Knebel zur Bedienung) Entschuldigung, junge Frau, führen Sie auch Stützstrümpfe?
(Die Bedienung guckt indigniert.)
Ja, war nur ne Frage.
(In die Kamera) Ja, so ändern sich die Zeiten. Früher hasse überall Stützstrümpfe gekriegt.
(Knebel schaut auf die Uhr.) Na komm, bissken Zeit ham wir noch. Da zeig ich Sie noch dat Lohnbüro.
Knebel steht an einem beschaulichen Plätzchen im Freien.)
Ja, hier hat sich der Stahlarbeiter seinezeit regelmäßig seine Penunsen abgeholt. Nur, damals konnte der mit den Geld doch gar nix anfangen, weil da waren die Geschäfte ja noch gar nicht da. Ja, und heute, wo hier der Konsumtümpel steht, is die Hütte weg und der Stahlarbeiter steht aufe Straße. Tja, verkehrte Welt. Aber dat Ruhrgebiet is eben immer für ne Überraschung gut. Deswegen kucken se nächste Mal wieder rein. Da präsentier ich Ihnen wat anderes aus die Gegend.
Oh, fällt mir ein, ich muss ja noch zu die Frau Kloppmann, die Bierwurst vonne Waage holen, dat die nich mehr im Weg liegt, die Wurst.

Henselowsky Boschmann

Bücher vonne Ruhr
Verlag
Henselowsky Boschmann
Postfach 10 02 31
46202 Bottrop
post@vonneRuhr.de
www.vonneRuhr.de

Unsere Bücher erhalten Sie in jeder Buchhandlung – nicht nur im Ruhrgebiet. Sollte einmal eines nicht vorrätig sein, kann Ihr Buchhändler es kurzfristig beschaffen. Auf Wunsch senden wir Ihnen gerne unseren Gesamtprospekt und informieren regelmäßig über unser Angebot an Ruhrgebietsliteratur. Hier eine Auswahl:

Sigi Domke
Wie sieht denn die Omma aus?!
Märchen und andere Klassiker nacherzählt fürs Ruhrgebiet

Werner Boschmann
Lexikon der Ruhrgebietssptache
Von Aalskuhle bis Zymzicke

Helmut Spiegel
Ich schäbiges Frikadellchen
Roman über die Kriegs- und Nachkriegszeit im Ruhrgebiet

Thomas Althoff
Komm, wir schießen Kusselkopp
Roman über die 50er-Jahre im Ruhrgebiet

Julia Wilmsmann
Dem Mensch sein bester Kumpel
Geschichten rund um den Hund im Revier

Wilhelm Küpper
Beim Hühnerfüttern kam der Krieg zu mir
Die ersten 15 Jahre meines Lebens

Friedhelm Wessel
Manchmal auch in Unterbuxe
Geschichten entlang des Rhein-Herne-Kanals

A. Winkelmann & J. Krüger
Winkemanns Reise ins U
Dokumentarischer Roman um die geheimnisvolle Stufenpyramide mitten im Pott

H. Schmenk & C. Krumm
Kumpels in Kutten
Heavy Metal im Ruhrgebiet

Jürgen von Manger
Bleibense Mensch!!
Träume, Reden und Gerede des Adolf Tegtmeier

Stefan Sprang
Fred Kemper und die Magie des Jazz – Roman

Rainer Bonhorst
Dr. Antonia Cervinski-Querenburg erzählt dat Ruhrgebiet seine Geschichte